MYSTIC LIGHTHOUSE MYSTERIES

双子《ふたご》探偵《たんてい》ジーク&ジェン 2

波《なみ》間《ま》に消えた宝《たから》

ローラ・E・ウィリアムズ／石田理恵訳

ハリネズミの本箱

早川書房

〈双子《ふたご》探偵《たんてい》ジーク＆ジェン②〉

波《なみ》間《ま》に消えた宝《たから》

THE MYSTERY OF THE DARK LIGHTHOUSE
by
Laura E. Williams
Copyright ©2000 by
Roundtable Press, Inc., and Laura E. Williams.
All rights reserved.
Translated by
Rie Ishida
First published 2006 in Japan by
Hayakawa Publishing, Inc.
This book is published in Japan by
arrangement with
Scholastic Inc.
557 Broadway, New York, NY 10012, U.S.A.
through Japan Uni Agency, Inc., Tokyo.
さし絵：モリタケンゴ

この本を、大のミステリファンの仲間《なかま》、
マリリン・コザッドに捧《ささ》げます。

もくじ

登場人物《とうじょうじんぶつ》

ジーク＆ジェン

11歳の双子《ふたご》のきょうだい

ビーおばさん

ジークとジェンのおばさん。

ミスティック灯台《とうだい》ホテルの主人

ウィルソン刑事《けいじ》

ミスティック警察《けいさつ》の元刑事

宿泊客《しゅくはくきゃく》

レノーア・ミルズ

カレンのお母さん

カレン・ミルズ

スナイダー博士の奥《おく》さん

スナイダー博士《はかせ》

メイン州《しゅう》について
研究している学者

ジャスパー・ウェストコム

テレビのレポーター

エスター・バー

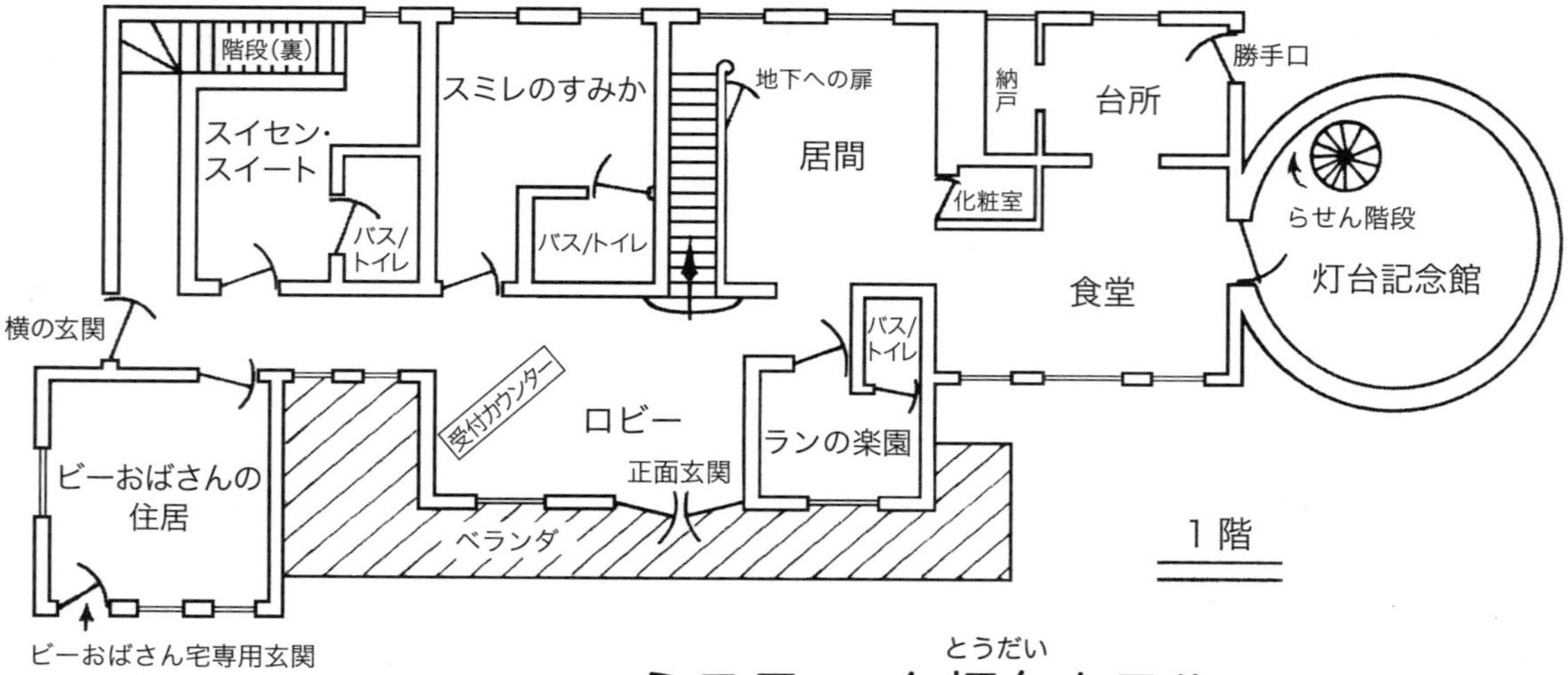

1階

ミスティック灯台《とうだい》ホテル

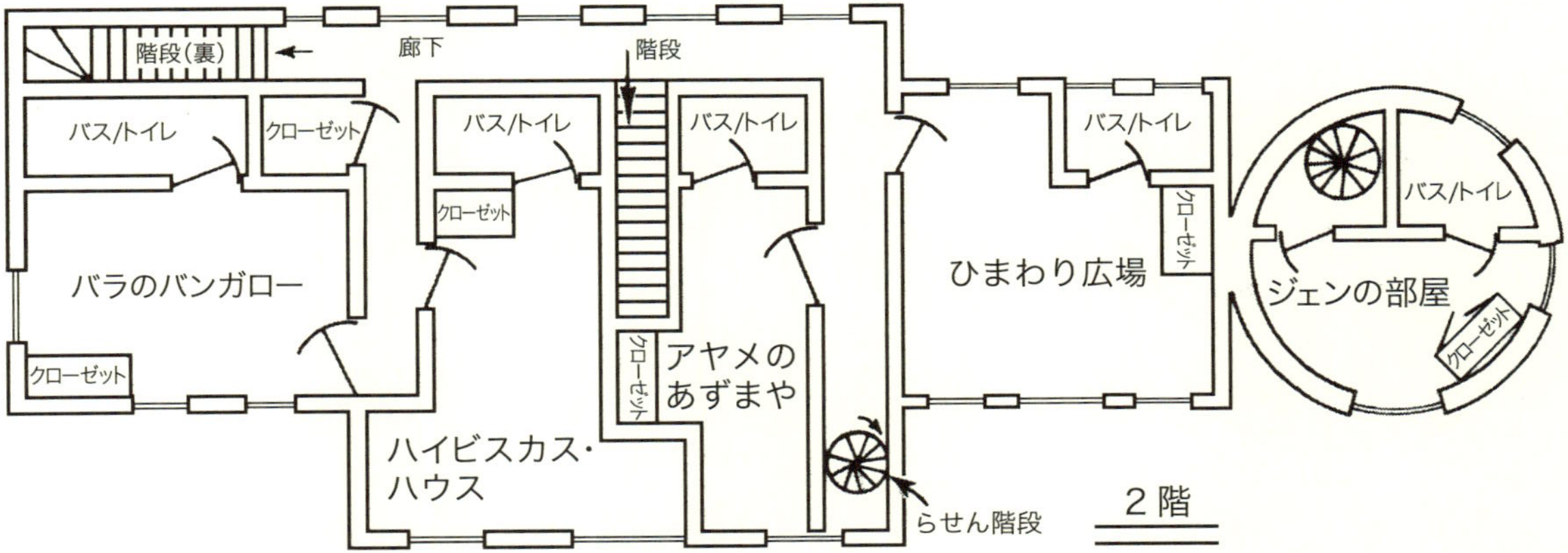

階段（裏）
廊下
階段
バス/トイレ
クローゼット
バス/トイレ
クローゼット
バス/トイレ
バス/トイレ
クローゼット
バラのバンガロー
クローゼット
クローゼット
アヤメのあずまや
ハイビスカス・ハウス
らせん階段
ひまわり広場
クローゼット
ジェンの部屋
バス/トイレ
クローゼット
2階

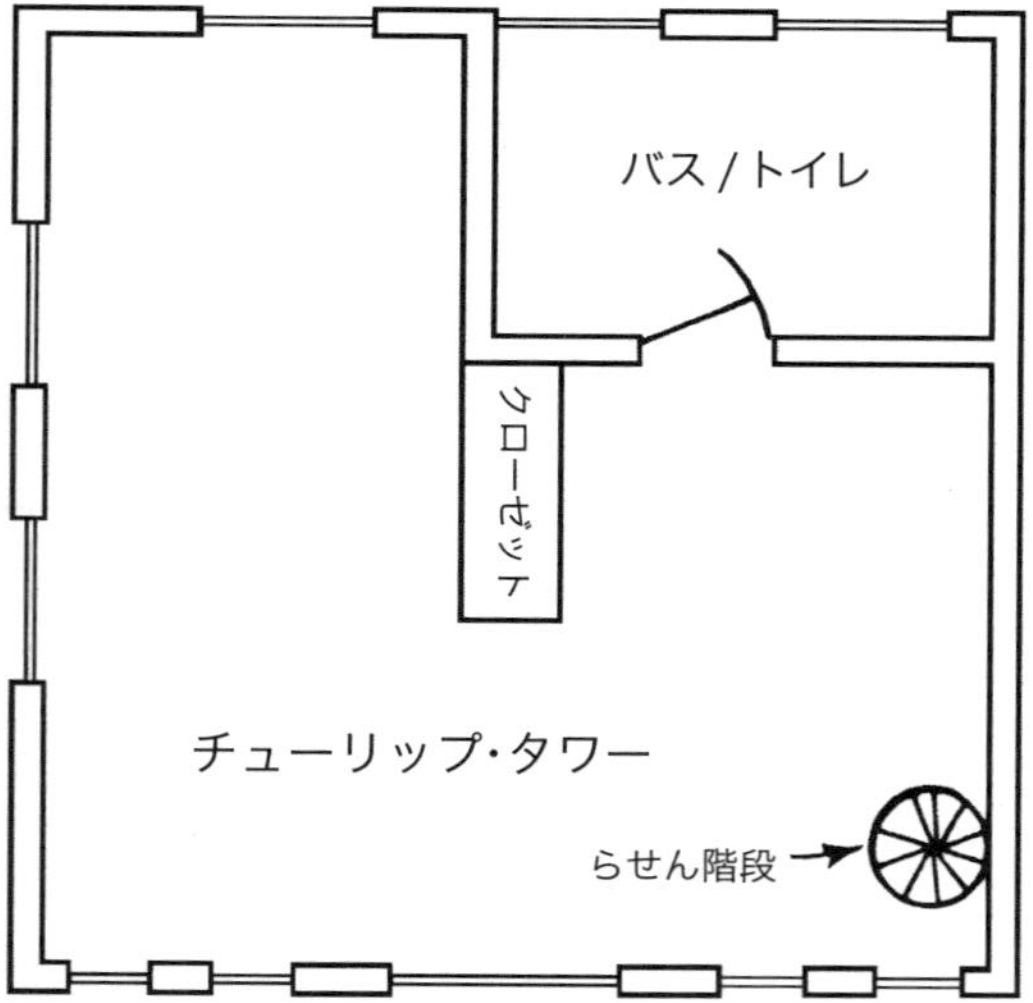
バス/トイレ
クローゼット
チューリップ・タワー
らせん階段

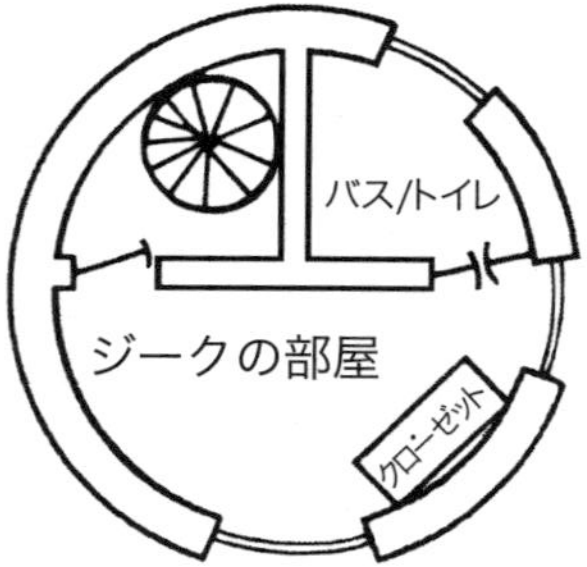
バス/トイレ
ジークの部屋
クローゼット

3階

読者のみんなへ

『波間《なみま》に消えた宝《たから》』へようこそ。この謎《なぞ》を解《と》くのはきみだ。犯人《はんにん》に結《むす》びつく手がかりは話の中にかくされている。巻末《かんまつ》にある「容疑《ようぎ》者《しゃ》メモ」を使ってみよう。必要《ひつよう》ならコピーを取って、あやしいと思ったことを書きだすのだ。双子《ふたご》探偵《たんてい》ジークとジェンも同じ容疑者メモを使って謎を解いていく。さあ、きみはジークとジェンよりも先に『波間に消えた宝』を見つけることができるかな。

幸運を祈《いの》る！

第一章　幽霊《ゆうれい》だ！

すっかり息を切らしたジェンは、ミスティック灯台《とうだい》ホテルの玄関《げんかん》をいきおいよく開けると、中へかけこんだ。双子《ふたご》の兄ジークがすぐあとからついてくる。ビーおばさんはそれぞれにタオルを手わたした。双子のジークとジェンはわずか二歳《さい》のときに両親を亡《な》くし、それ以来《いらい》この灯台でおばさんと暮《く》らしている。ビーおばさんの夫《おっと》、クリフおじさんは数年まえに亡くなったので、二人にとってはおばさんがたったひとりの家族だ。

「もう雨はいや」ジェンが文句《もんく》を言う。レインコートを着ていたのにびしょぬれだ。

ジークは水がたれている緑色の長めのレインコートを、ジェンのとならべてコートかけにかけた。そしてふわふわのタオルで髪《かみ》の毛をふいた。「あしたのミスティック町誕生《たんじょう》二百周年《しゅうねん》の野外パーティーも中止だね」

「残念《ざんねん》ながらそうなりそうね」とビーおばさん。「まだ嵐《あらし》は始まったばかりだから。週末《しゅうまつ》はずっと大雨みたい。あられもふるみたいよ」

雨でぬれた肩《かた》にタオルをかけ、ジェンはすっかり暗くなった外を見つめた。木は風に大きくゆれ、荒《あ》れ狂《くる》う海の上を稲妻《いなずま》が走る。「また停電《ていでん》しなければいいけど」

「ここは町からはなれているから、すぐに停電する」ジークが不機嫌《ふきげん》そうにつぶやいた。「嵐が来るとヨットにも乗れないし、テレビゲームまでできなくなっちゃうんだから」

ビーおばさんがにこっとほほえんだ。「でも、家の仕事が片《かた》づくじゃない！」

双子《ふたご》は灯台《とうだい》ホテルで、いっしょうけんめいビーおばさんを手伝《てつだ》ってきた。部屋《へや》のそうじは簡単《かんたん》だし、お客さんと会って話をかわすのもおもしろかったりする。食事の準備《じゅんび》も手伝う。ビーおばさんは毎朝の朝食に加《くわ》えて、特別《とくべつ》な理由があれば昼食や夕食も出すので、そんなときにはとくに手伝いが必要《ひつよう》になる。

ある程度《ていど》体がかわくと、二人はビーおばさんのあとにつづいてロビーにあるカウンターへと向かった。ビーおばさんはすでに懐中電灯《かいちゅうでんとう》を数個《こ》、予備《よび》の電池、石油ランプ三台、そしてろうそくをたくさん用意していた。「懐中電灯もいいけど――」ビーおばさんはいつも言う。「ランプとろうそくの、あの昔なつかしい心地《ここち》よさがまたいいのよね」と。「かわいた洋服に着がえてきてちょうだい。用意を手伝《てつだ》ってもらうから」ビーおばさんはランプの芯《しん》を調整しながら二人に命じた。

ジークは宿帳《やどちょう》をちらっと見た。「もうチェックインした人がいるの?」

「レノーア・ミルズさんとカレン・ミルズさんの親子が〈ひまわり広場〉に入られたわ」ビーおばさんが答えた。「空港《くうこう》からこの雨の中を車で来たら疲《つか》れちゃって、部屋《へや》で休んでられるの」

「晴れていても魔《ま》のカーブはいやなところだよ」ジークが言った。魔のカーブとは、道中にあるヘアピンカーブのことだ。断崖絶壁《だんがいぜっぺき》の下にあるのはごつごつした岩と波打つ海。道路わきに低《ひく》いガードレールがあるけど、とてもそれでは安心できない。「こんな日にあそこを運転するなんて、ほんとうにたいへんだろうな」

「そうね」ジェンはうなずくと、ロビーを出て自分の部屋へと向かった。ジークもそのあとにつづいて食堂《しょくどう》と円形の灯台記念館《とうだいきねんかん》を通りぬけた。改装《かいそう》した灯台の一階部分にあるのがこの記念館だ。

二人もこの記念館《きねんかん》の展示《てんじ》を手伝《てつだ》い、古い写真をたくさん飾《かざ》った。この灯台《とうだい》や、地元の町メイン州《しゅう》ミスティック、そして代々灯台守《とうだいもり》をつとめてきたマーカム一族のものなどさまざまだ。ほかにも昔の記念品、たとえば古い釣具《つりぐ》や、古風な防寒具《ぼうかんぐ》なども展示されている。

ジークにとって歴史《れきし》はけっして好《す》きな科目ではなかったが、灯台の歴史を調べるのはなかなかおもしろかった。それにビーおばさんは、ミスティックの町やこの有名な灯台のことなら、なんでも知っていた。おばさんは町の図書館で何年間も館長として勤《つと》めてきたのだ。おぼえていることよりも忘《わす》れてしまったことのほうが多いとおばさんは言うけど、ジークから見ると、おばさんは百科事典《ひゃっかじてん》よりくわしい。

その記念館の裏《うら》にクリフおじさんが取りつけたらせん階段《かいだん》がある。二階のジェンの部屋《へや》を通って三階のジークの部屋、そして灯台最上部《さいじょうぶ》の展望台《てんぼうだい》へとつながっている。

ジェンは自分の部屋に入った。ジークはさらに階段をのぼり自分の部屋へ。ジェンは部屋の壁《かべ》にたくさんのスポーツ選手《せんしゅ》のポスターと、少しだがネコのポスターを飾った。ジェンらしく、どれひとつとしてまっすぐはられていない。というより、まるで壁に投げつけたようにポスターがあらゆる方向に曲がっている。ジークはヨットや映画《えいが》『スター・ウォーズ』のポスターを飾ったが、こちらはきちんと、まっすぐにならんでいる。

ジークはぬれた洋服がかわくように、イスの背《せ》もたれに広げてかけた。緑色のトレーナーを着て、グレーのスウェットをはくと、ようやくさっぱりして体があたたまってきた。こげ茶色のくせっ毛をさらにタオルでふきながら、大西洋に面した窓《まど》の外を見た。部屋《へや》にあるもうひとつの窓は入り江に面している。

風が吹《ふ》き荒《あ》れ、海面には白波が立っている。寒くもないのに、ジークは思わず体をふるわせた。嵐《あらし》の海を見ると、その力に圧倒《あっとう》されてぞくぞくしてしまう。こんな海に出るのはごめんだな、と思う。ヨットも泳ぐのも好《す》きだけど、海のこわさ、とくにこの天候《てんこう》のときの危険《きけん》は、わかっている。

髪《かみ》もだいぶかわいてきた。手で簡単《かんたん》にととのえると下のジェンの部屋へと向かった。ジェンがドアを開けたとたん、ぬれた服が床《ゆか》の真ん中にごちゃごちゃと脱《ぬ》ぎ捨《す》ててあるのが見えた。ジェンらしい。でも口は災《わざわ》いのもとと、だまっておいた。

二人が急いで食堂《しょくどう》を走りぬけたとき、電気が点滅《てんめつ》した。いよいよ来たか、と二人は顔を見あわせた。でも電気は持ちなおした。

ジークがうなるように言った。「来るぞ。こりゃ停電《ていでん》するね」

二人は居間《いま》を抜《ぬ》け、ロビーにいるおばさんのもとへと向かった。おばさんは二人を見るとにこっと笑《わら》った。「まあ、二人とも。まるで沈没寸前《ちんぼつすんぜん》の船上にいるネズミみたいじゃない。どうしたのよ、そんなに浮《う》かない顔をして」ジェンとジークが、雨のせいで外には出られないし、停電は起きるし、とぐちをこぼしだしたので、おばさんは両手をあげてさえぎった。「きいたわたしが悪かったわ」笑いながら言った。「この世の終わりじゃあるまいし。停電だってするかどうかわからない――」

絶妙《ぜつみょう》のタイミングで、かなり近いところで雷《かみなり》がとどろいた。明かりがちらついたかと思うと、真っ暗になった。ぶあつい雲が太陽をかくしているので、電気が消えるとまるで真夜中だ、と双子《ふたご》は思った。まだ午後三時だというのに。

マッチをする音が聞こえ、ジェンのまえにビーおばさんの顔がふたたびあらわれた。ランプのやわらかい光に浮かびあがっている。おばさんは芯《しん》を調整すると二人にほほえんだ。

「さあ、これからが冒険《ぼうけん》の始まりよ」残《のこ》るふたつのランプをつけながら言った。「あなたたちは残りの三部屋《へや》の準備《じゅんび》をしてくれる？　わたしはこのランプを休んでいるお客さんたちにとどけてくるわ」

ビーおばさんがランプのゆらめく光を頼《たよ》りにロビーから出ていくと、ジークは懐中電灯《かいちゅうでんとう》のスイッチを入れた。二人は正面の階段《かいだん》へと向かった。タオルやシーツなどは各部屋《かくへや》にあるタンスのいちばん下の引き出しにしまってある。かけぶとん、シーツ、タオルは部屋ごとに統一《とういつ》した花のもようがついているので、部屋を準備《じゅんび》するときにはとても便利《べんり》なのだ。

階段をのぼろうとして、ジークが足を止めた。「今の、聞こえた？」かすれたような声でささやいた。

「なにを？　外でなにかが風に吹《ふ》き飛《と》ばされたんでしょ」

ジークがジェンの腕《うで》をつかんだ。「シーッ！」

「なにも聞こえないじゃない」と言った瞬間《しゅんかん》、コツンという不気味《ぶきみ》な音がジェンにも聞こえた。

風がホテルの中であんな音を立てるはずがない。

二人は目を丸くしておたがいを見た。ジェンの心臓《しんぞう》の鼓動《こどう》が大きくなる。「今のはなに？」

「居間《いま》からだ」とジーク。

「ウーファーよ、きっと」とジェン。

ジークは首をふって懐中電灯《かいちゅうでんとう》を受付《うけつけ》のカウンターに向けた。飼《か》い犬のウーファーはカウンターのわきで、前足に頭をのせて横たわっていた。大きなネコのスリンキーは、ウーファーの上で丸くなっている。これが二匹《ひき》のお気に入りの昼寝《ひるね》スタイルなのだ。

またにぶいコツンという音が聞こえた。居間《いま》からだ。

ジェンはジークの手から懐中電灯をさっとひったくると、音のする方向へと静《しず》かに歩きだした。

ジェンに懐中電灯を取られてしまっては、ジークもついていくしかない。

角を曲がる。居間にあるピアノや家具が不気味《ぶきみ》な影《かげ》のように――いや、うずくまっている怪物《かいぶつ》のように見える。とそのとき、目がくらむような稲妻《いなずま》が光り、直後に雷鳴《らいめい》がとどろいた。二人は見た。女の子が壁《かべ》ぎわに立っている。白い顔をして、二人を見つめかえしている。また部屋《へや》が暗くなった。女の子が立っていた場所にジェンが懐中電灯をあてる。ところが、女の子の姿《すがた》はなかったのだ！

第二章　あの人はもしや……

「今の見た？」ジェンがびっくりして声をあげた。そしてきゃっと叫《さけ》んだ。足になにかがからまってきたのだ。その正体《しょうたい》が幽霊《ゆうれい》などではなく、スリンキーだということに気づくのに、一瞬間《いっしゅん》があった。

「なにを？」ジークがきいた。

「あの女の子よ！　まるで幽霊みたいだった」

「光のかげんでそう見えたんじゃないの？」そう言いながら、ジークも自信《じしん》がなさそうだ。

「で、ジークはあの子を見たの？」

ためらいがちにジークはうなずいた。でもこの暗さでは、ジェンには見えなかっただろうと気づいた。「見たことは見たけど、ほんの一瞬《いっしゅん》だよ」

「あとかたもなく消えちゃった。あの子の顔、見た？」声をひそめたままだ。

「ああ」こわいのを必死《ひっし》にかくしてジークが答えた。「あんまり幸せそうじゃなかったな」

「うらみが積《つ》もった幽霊《ゆうれい》かもよ」

やめてくれよ、とジークは思った。実際《じっさい》、これまでも灯台《とうだい》の中では、不気味《ぶきみ》な音が聞こえたことがあった。フフフという静《しず》かな笑《わら》い声、床《ゆか》のきしむ音、耳慣《みみな》れない口笛。そのうえ、町に伝《つた》わる古い伝説《でんせつ》もある。灯台の明かりを消しては、岸壁《がんぺき》に船を衝突《しょうとつ》させ沈《しず》めてしまうという幽霊の話だ。怪談《かいだん》としてはよくできているけど、そういうおそろしいことは見たことも聞いたこともない。

これまでのところは。

「見えたように思っただけかも」とジーク。

「まさか」ジェンが言いかえす。背《せ》すじがぞくっとした。「わたしは見たわ。目が合ったもの」

ジークはジェンの腕《うで》をぐいとひっぱった。「ほら、部屋《へや》の準備《じゅんび》を終わらせなきゃ」

ジェンはしぶしぶ、ジークについて二階へあがった。ほんとうに幽霊だったのかしら。〈バラのバンガロー〉でベッドをきれいにととのえ、バスルームにピンク色のタオルをきちんとかけながらも、ジェンはさっき目にした光景《こうけい》のことばかりを考えていた。ビーおばさんはこの灯台《とうだい》ホテルのことをよく〝お花でいっぱいのハチの巣《す》〟と説明《せつめい》する。まくら、壁紙《かべがみ》、電気スタンドのかさにいたるまで、どこもかしこも花柄《はながら》で埋《う》めつくされているからだ。ハチの巣には、花ではなく蜜《みつ》がつまっているはずだとジークが訂正《ていせい》しても、ビーおばさんときたら、六十二歳《さい》にもなれば、自分の望《のぞ》みどおり、ハチの巣を花で埋めつくしたっていいじゃないの、と言う。蜜は花から取れるわけだし、「ビー」というのはハチのことなんだから、と。

　二人が〈ハイビスカス・ハウス〉まで来たころには、嵐《あらし》はさらにはげしくなっていた。窓《まど》には折《お》れた枝《えだ》があたり、すきまからは冷《つめ》たい空気が入りこみ、ヒューヒュー、ウーウーと不気味《ぶきみ》な音を立てる。〈ハイビスカス・ハウス〉の準備《じゅんび》が終わると、一階の〈スミレのすみか〉へとおりていった。ロビーのすぐとなりの部屋《へや》だ。ここはジェンのお気に入りだった。部屋全体がむらさきで統一《とういつ》されているからだ。むらさき色の花柄の壁紙に、むらさき色のストライプ柄のカーテン、むらさきに塗《ぬ》られたドレッサー、バスルームのタオルまでむらさき色。むらさきはジェンの好《す》きな色なのだ。

二人が部屋《へや》から出ると、ビーおばさんが受付《うけつけ》カウンターでいそがしそうにしていた。そのまえには中年の夫婦《ふうふ》が立っている。二人のレインコートから水がしたたり、床《ゆか》がぬれている。ぽっちゃりとした女性《じょせい》のとなりにいるからか、背《せ》の高い男性はまるで巨人《きょじん》のように見える。女の人は三回ほどくしゃみをすると、大きな赤いキャンバス地の手さげかばんの中をかきまわし、くしゃくしゃのティッシュを取りだした。

ビーおばさんがきいた。「お風邪《かぜ》はもう長いんですか、スナイダーさん？」

「ごめんなさい、なんですって？」スナイダーさんは耳元に手をあててききなおした。

「お風邪はまえからですか？」嵐《あらし》に声がかき消されないよう、ビーおばさんは声をはりあげた。

「そうですね。きのうかおとといぐらいからでしょうか」叫《さけ》ぶように答えた。「たんなる鼻風邪ですよ」

双子《ふたご》が近づいていくと、ビーおばさんが紹介《しょうかい》してくれた。

「スナイダー博士《はかせ》はメイン州《しゅう》についての本を書いていらっしゃるのよ」ビーおばさんが説明《せつめい》した。

スナイダー博士は金縁《きんぶち》めがねの奥《おく》から二人を見おろし、ごましおひげをたくわえた口元でにこりと笑《わら》った。「なかなかおもしろい場所だね。とくにミスティック町誕生《たんじょう》二百周年《しゅうねん》の祝賀《しゅくが》行事を楽しみにしてきたんだ」

「でも嵐《あらし》で中止になりそうですよ」ジェンが思わず口走った。

博士《はかせ》が残念《ざんねん》そうな顔をした。「ここまで来たのにな」

ビーおばさんもうなずいた。「残念ながらそのようなんです。嵐のおかげで予約《よやく》もふた組ほどキャンセルになりました」

博士の表情《ひょうじょう》はさらにくもった。「それはそれは」

「お二人もこのまま帰られてもいいんですよ」ビーおばさんが二人に言った。「事情が事情ですから」

「いいえ、とんでもない。はるばる来たんですから」と言ったものの、スナイダー博士は少し不満《ふまん》そうだ。

「ではこちらにご記入を」宿帳《やどちょう》を指さしながらビーおばさんが言った。「この二人がお部屋《へや》までご案内《あんない》いたします」

ジェンは奥《おく》さんの小さな旅行かばんを右手で持ちあげた。このかばんもキャンバス地でできている。

「このかたがたはもうチェックインされているのですか？」ペンを宿帳《やどちょう》の上で止めて、博士《はかせ》がたずねた。

「ええ、レノーア・ミルズさんと娘《むすめ》さんです」開いた宿帳をのぞきこみ、名前を確認《かくにん》しながらおばさんが答えた。「お二階にいらっしゃいますが、夕食のときにお会いになれますよ」

スナイダー博士の目がかがやいた。「楽しみにしています」

ジークが博士のスーツケースに手をのばすと、博士がそれをさっとつかんだ。「きみには重すぎるよ。研究用の本がぎっしりとつまっているからね。案内《あんない》を頼《たの》むよ。荷物は自分で運ぶから」

ジークは顔がぱっと赤くなるのを感じた。あのかばんくらい持つことはできる。でも奪《うば》いとろうとしても博士の気分を害《がい》するだけだ。ジークはおとなしく二人を〈スミレのすみか〉に案内した。

ジェンは奥《おく》さんの旅行かばんをベッドの足元にあるベンチの上に置《お》いた。夫妻《ふさい》は部屋《へや》の装飾《そうしょく》に見とれている。壁《かべ》の飾《かざ》りからダイニングテーブルの大きさにいたるまで、灯台《とうだい》ホテルのあらゆることを、ビーおばさん、クリフおじさん、そして双子《ふたご》のみんなで、じっくり考えて決めたのだ。

スナイダー博士は大きすぎるスーツケースを慎重《しんちょう》に壁側《かべがわ》に置《お》くと、ベッドのかたさをたしかめ、満足《まんぞく》そうにつぶやいた。「なかなかいいじゃないか」それから二人それぞれに新札《しんさつ》で一ドルずつを手わたし、二人が部屋《へや》を出たと同時にドアをバタンと閉《し》めた。

受付《うけつけ》カウンターのおばさんのところにもどったそのとき、玄関《げんかん》のドアが開いて、別《べつ》のお客さんが入ってきた。ドアを閉めようとするのだが、風に押《お》されてなかなか閉めることができない。風に負けそうだ。

大きく「よいしょ」と声を発し、その女の人がドアをぐいと押すと、ようやく閉まった。「すてきなお天気ね」苦笑《にがわら》いを浮《う》かべながらカウンターに向かって歩いてくる。「おまけに停電《ていでん》だなんて」カウンター上にあるランプとジークが手にしている懐中電灯《かいちゅうでんとう》を見て、つけくわえた。

「ひと昔まえにもどったつもりになれば」ビーおばさんが提案《ていあん》する。「貴重《きちょう》なひとときをすごすことができますよ」

女の人はぶるっと身をふるわせた。「なんてすてきなの。十九世紀《せいき》の生活ってどんなだったのだろうと、いつも思ってたのよ」

そして黒く、まっすぐな髪《かみ》の毛をなでた。まるで風に吹《ふ》き飛《と》ばされていないか、たしかめるかのようだ。肩《かた》までたらした髪はびっくりするくらいきれいにととのっている。ほっそりとした顔はじめこそ不安そうな表情《ひょうじょう》を見せていたが、笑顔《えがお》になると、とたんに目がきらきらと星のようにかがやいた。

ビーおばさんは到着《とうちゃく》したばかりのこのお客さんを、人目もかまわずじっと見つめている。さすがにジェンがそれに気づき、せきばらいをした。ビーおばさんはくすっと笑《わら》うと、チェックインの手つづきにもどった。「ごめんなさいね、バーさん」とビーおばさんが言った。「でも、お見かけしたことがある気がしてならないんですが」

「よくある顔をしているだけですよ。それにエスターって呼《よ》んでくださいませんか」

「そうなのかしらね」ビーおばさんは軽く受け流した。「さあ、受付《うけつけ》がおすみになったら、ジークが二階の〈バラのバンガロー〉にご案内《あんない》いたします」

ジークがエスター・バーといっしょに階段《かいだん》をのぼりかけたとき、玄関《げんかん》のドアがいきおいよく開き、背《せ》の高い男性《だんせい》がかけこんできたかと思うと、ドアをバーンと閉《し》めた。ジェンはその男性をじっと見つめた。あまりテレビは見るほうではないけど、この人がだれなのかはすぐにわかった。ジャスパー・ウェストコム。全国ネットのニュース番組で特集企画《とくしゅうきかく》を担当《たんとう》する、有名なレポーターだ。ついこのまえも、黄金の像《ぞう》がたくさん見つかったエジプトの墓《はか》について特集をしていた。

日焼《ひや》けした、彫《ほ》りの深い顔は、どこにいてもすぐにわかる。こんな嵐《あらし》なのに、金髪《きんぱつ》は流れるようにうしろになでつけられたまま。テレビで見るときと同じだ。ジェンはあまりにもおどろいたので、階段《かいだん》の下に立っていたエスターを見て、この人がはっとした顔になったことに気づかなかった。でもジークはその様子《ようす》をしっかり見ていた。さらにエスターがびっくりした顔をして、このレポーターに背《せ》を向け、あわてて階段をのぼっていったことにも気づいていた。

第三章　闇《やみ》につつまれた灯台《とうだい》

ジェンは名前を名乗るジャスパー・ウェストコムをじろじろと見ないようにしていた。「お仕事でいらしたんですか？」近づきながらジェンがきいた。

ジャスパーは笑《わら》って答えた。「まさか、週末《しゅうまつ》をのんびりとすごしにきたんだよ。いそがしかったからね。〝休・休〟がほしかったのさ——休暇《きゅうか》と休養《きゅうよう》が」

「それならここはうってつけの場所ですわ」ビーおばさんはうたうように言った。「休暇と休養をホッとするホテルで」

ジェンはジャスパーのかばんをひとつつかむと、二階へと案内《あんない》した。

「お部屋《へや》は〈ハイビスカス・ハウス〉になります」そう言いながら、ジャスパーがつまずいたりしないようにと、懐中電灯《かいちゅうでんとう》で足元を照《て》らした。部屋のドアを開けると、ジャスパーは感心したように口笛を鳴らした。この部屋のいちばんの売りは、ほんもののハイビスカスの鉢植《はちう》えがあること。淡《あわ》い緑色のセラミック製《せい》の巨大《きょだい》な植木鉢に植えられ、オレンジ色の花が三つ咲《さ》いている。花はしおれかけているものの、まだまだ美しく、かぐわしい。

「これはすばらしい」ジャスパーが言った。「手伝《てつだ》ってくれてありがとうな」ジェンにチップとして二ドルわたした。

ジェンは階段《かいだん》の上でジークと会い、いっしょに一階へおりた。ジェンはこの有名人の客のことをジークに話した。

一方のジークは、ジャスパー・ウェストコムがロビーに入ってきたときのエスターの様子をジェンに話した。「ジャスパーさんを見たとたん、そわそわしはじめたんだ」

「ビーおばさんが、どこかでお見かけしたような、と言ったときもおかしかったわね」とジェン。さらになにかを言おうとしていたところで、食堂《しょくどう》の古時計が六回鳴ったため、話がとぎれてしまった。ビーおばさんが台所から呼《よ》んでいる。軽めの夕食として、クラム・チャウダーとほかほかのスコーンを出すのを手伝《てつだ》ってもらいたいのだ。停電中《ていでんちゅう》なので明かりもつかないし、井戸《いど》から水をポンプでくみあげることもできない。それでも料理《りょうり》ができるのは、ガスオーブンとガス冷蔵庫《れいぞうこ》のおかげだ。嵐《あらし》が来るたびに停電するので、おばさんは悪天候《あくてんこう》でも宿泊客《しゅくはくきゃく》に料理を提供《ていきょう》できるようにと、ガスに切りかえたのだ。

食事の準備《じゅんび》がととのうと、ジークはすべての部屋《へや》のドアをノックしてまわった。これからの数時間、食器棚《しょっきだな》のところに食事が用意されていること、固形燃料《こけいねんりょう》を使った保温器《ほおんき》にセットされていること、おなかがすいたら自由に取って食べてほしいということを伝《つた》えた。食堂《しょくどう》にもどると、ジェンとビーおばさんはすでに食べはじめていたので、ジークも加《くわ》わった。クラム・チャウダーを夢中《むちゅう》でかきこむ。やっぱりビーおばさんはミスティック一の料理じょうずだ。

食事を終えると二人はジェンの部屋にこもって、途中《とちゅう》になっていたモノポリーを終わらせることにした。

「ぼくの勝ちだ!」ジークはどうにかジェンを破産《はさん》に追いこむと、得意《とくい》げに声をあげた。

ジェンは苦笑《にがわら》いを浮《う》かべた。「見てなさいよ、億万長者《おくまんちょうじゃ》さん。次は新しい手を考えてあるんだから」

ジークは笑《わら》った。「いつもそう言っているくせに、勝ったためしがないじゃないか。さあ、行かなきゃ。ビーおばさん、ぼくたちがお皿を洗《あら》うのを待っているよ、きっと」

二人がおりていくと、おどろいたことに食堂《しょくどう》も台所もすっかり片《かた》づいていた。

「どこに行ったのかと思ってたら」おばさんは白髪《しらが》まじりの長いおさげをはらいのけながら、最《さい》後《ご》のしあげとばかりにカウンターの上をタオルでふいた。「もしや逃《に》げてた？」

「まさか！」ジェンが抗議《こうぎ》した。「わたしの部屋《へや》にいたのよ。モノポリーの——」

「冗談《じょうだん》よ」ビーおばさんは笑いながら言った。「お客さんたちもみんな早く食べおわったから、あなたたちを待たずに片づけちゃったのよ。でもいちばん楽しい仕事を取っておいてあげたわ。いつもなら雨がやむまで待つところだけど、当分やみそうにないわ。今ゴミを出しておけば、月曜日まで気にしなくていいから。そのころには嵐《あらし》も去っているはずだしね」

二人は重い袋《ふくろ》をひとつずつかかえて勝手口《かってぐち》から外に出た。雨が打ちつける中、二人は急いで建《たて》物《もの》わきにあるゴミ置《お》き場《ば》へと向かった。冷《つめ》たい雨がフードの中まで入ってくるので、ジェンは思わず歯を食《く》いしばった。

二人は袋《ふくろ》を置《お》くと、建物《たてもの》の正面へかけもどった。ジェンがとつぜん止まった。雨が目に入るのをふせぎながらホテルを見あげる。いくつかの窓《まど》からはランプの光がちらちらともれていたが、灯台《とうだい》そのものは真っ暗だった。灯台としての機能《きのう》はもはやなくても、ビーおばさんはふだん、灯台の照明《しょうめい》をつけている。そのほうが歴史《れきし》を感じるから、というのがおばさんの説明《せつめい》だ。船のほうも、危険《きけん》な岩や崖《がけ》がせまると警告音《けいこくおん》を鳴らす電子警報《けいほう》システムが装備《そうび》されているにもかかわらず、地元の漁師《りょうし》たちは、夜遅《おそ》く海に出ているときは、この灯台を見るのが楽しみだという。帰港《きこう》の際《さい》、この灯台がおかえりと言ってくれているようで、ほっとするそうだ。

停電中《ていでんちゅう》の今はその灯台も不気味《ぶきみ》に見える。その昔、嵐《あらし》の中を目印《めじるし》となる灯台の光もなく、無事《ぶじ》帰港することがどんなにたいへんだったかを想像《そうぞう》すると、ジェンは思わず身ぶるいした。舵《かじ》の操《そう》作《さ》をひとつあやまれば、岩に衝突《しょうとつ》してしまうのだから。

家の中にもどると、昔はさぞかし明かりの消えた灯台が気味悪く感じられたことだろう、とジェンはジークに言った。

「でも当時は電気じゃなかったはずだろ」ジークが指摘《してき》する。「灯台守《とうだいもり》が、ランプの油を切らさないようにしてたんだし」

「灯台守《とうだいもり》が病気になったりしたらどうなるの？」

ジークは肩《かた》をすくめた。「助手でもいたんじゃない」ジークはあたりを見まわした。ホテル内は静《しず》まりかえっている。「ビーおばさん、もう寝《ね》たみたいだね」

「ほかの人たちもみんな寝ちゃったのかな」声をひそめてジェンが言った。二人はコートを脱《ぬ》ぎ、玄関《げんかん》わきのコートかけにかけた。

ジークはあくびをしながらポケットに入れておいた懐中電灯《かいちゅうでんとう》をつけた。「ぼくももう寝るよ。コンピュータも使えないし、テレビも見られないし、それに――」

「もう、文句《もんく》ばっかり言わないの」ジェンがさえぎった。「いいこと思いついたわ」

ジークは妹をいぶかしげに見た。ジェンのいいことはろくなことがない。「どんなこと？」

「幽霊《ゆうれい》さがしよ！　ね、いいでしょ」ジェンははりきっている。青い目がきらきらとかがやいた。

「おもしろそうでしょう」

「幽霊さがしなんかおもしろくないよ。ばかみたいじゃん」

「あっそう、じゃ、わたしひとりで行くわ」ジェンはそう言うと薄暗《うすぐら》いロビーへ向かった。

「待てよ」ジークが追いかけると、懐中電灯の光が前方の床《ゆか》ではげしくゆれた。「ぼくも行くよ」

　だまったまま二人はロビー、居間《いま》、食堂《しょくどう》とさがしてまわった。

「あきらめようよ」とジーク。「幽霊《ゆうれい》なんかいないさ。さっきのは勝手な思いこみだったんだ」

　とそのとき、台所でガシャンとなにかがこわれる音がした。

　ジェンがかけだした。ジークもぴたりとすぐあとを追う。懐中電灯《かいちゅうでんとう》であたりを照《て》らしたが、なにもいない。

　ジェンはジークのそでをつかむと、ドアの開いている納戸《なんど》を指さした。「あそこよ！」興奮《こうふん》をおさえてささやいた。

　心臓《しんぞう》がはりさけそうなほど、はげしく打っている。二人は足をしのばせながら、そろそろと納戸の入り口に向かった。大きく息を吸《す》いこみ、ジークが懐中電灯を向けた。

　するとそこには、青白い人影《ひとかげ》らしきものがゆらゆらとゆれていた。

第四章　秘密《ひみつ》の通路

ジークが懐中電灯《かいちゅうでんとう》を落としてしまった。明かりはチカチカッと点滅《てんめつ》し、そして消えた。納戸《なんど》の中は真っ暗だ。ジェンは懐中電灯が落ちたあたりに手をのばした。だが、手さぐりしていたのはジェンだけではなかった。二人の指がからまる。結局《けっきょく》ジークが懐中電灯を見つけ、スイッチを入れた。

青白い顔をした女の子は消えてはいなかった。その場につっ立ったまま、二人をにらみつけている。懐中電灯の光があたり、赤茶色の長い髪《かみ》の毛が見えた。「まぶしいよ」不機嫌《ふきげん》そうに女の子が言った。

ジークが明かりを下に向けた。「きみはだれ？」

「カレン・ミルズ。おかあさんとここに泊《と》まっているの。そっちは？」

「ジェンとジーク。ここに住んでいるの」ジェンが答えた。「なにをしてるの？」

女の子は暗い納戸《なんど》の中をきょろきょろと見まわした。「えーっと——なにか食べるものはないかな、と思って」

ジェンとジークは顔を見あわせた。

「いいの、気にしないで」カレンは二人のわきをすりぬけて納戸から出ていく。「じゃあね」と言い残《のこ》し、台所を走りぬけていった。まもなく足音も聞こえなくなった。

「あの子、ここでなにをしてたんだろう」ジェンは不思議《ふしぎ》に思いながら言った。「食べるものをさがしてたんじゃないよね」

ジークはなにも言わず、うなずいた。トマトの水煮《みずに》缶《かん》や自家製《じかせい》のサヤインゲンのびんづめをながめる。「あの子、どこかで見たことがある気がする」カレンが立っていたあたりの棚《たな》を調べた。

いったいあの子はなにをさがしていたのだろう。

ジークはしばらくしてあきらめた。不自然《ふしぜん》なところや、なにかが入れかわった様子は見あたらない。二人はそれぞれの部屋《へや》へと向かった。

ジークが肩《かた》をすくめた。「カレンって、なんだか気になるなあ」

ジェンはあくびをした。「どんなところが？」

灯台記念館《とうだいきねんかん》を横切り、ジェンはらせん階段《かいだん》に向かった。一方のジークは記念館の中で足を止め、壁《かべ》に飾《かざ》られている古い写真を懐中電灯《かいちゅうでんとう》で端《はし》から順《じゅん》に照《て》らしていた。その懐中電灯の動きがようやく止まった。そこには以前《いぜん》から銀縁《ぎんぶち》の額《がく》におさめられている、黄ばんだ写真が飾ってある。

「見て」ジェンを呼《よ》んだ。

ジェンはジークのとなりに来て、写真をながめた。屋根裏《やねうら》のトランクの中で見つけた一枚《まい》だ。クリスマス・ツリーのまえでテディ・ベアをかかえている女の子の写真。ジェンは体じゅうの血が凍《こお》った気がした。

「こ、この子じゃない！　カレン・ミルズだわ！」

ジークは顔を近づけて、額にきざまれた文字を読んだ。「ちがうよ。キャサリン・マーカムだって。最初《さいしょ》の灯台守《とうだいもり》の娘《むすめ》だってさ。ということは一九〇〇年ごろのはずだ」

「でもまるで双子《ふたご》じゃない！」

ジークもそう思っていた。「どうりで見おぼえがあるはずだよ。でもなんか気味悪いね」

ジェンは体をふるわせた。「カレンは幽霊《ゆうれい》じゃないわよね？」

「納戸《なんど》から出ていくときにすぐ横を通ったけど、幽霊って感じじゃなかったな」とジーク。「あたたかかったし、体もしっかりあったよ、人間のように」

「なにがどうなっているのか、はっきりさせなきゃね」ジェンが言った。数分まえに感じていた疲《つか》れもどこかに吹《ふ》き飛《と》んでしまったようだ。

ジークが時計を見た。「もう遅《おそ》いよ」

「まだ十時じゃない！」ジェンはジークの肩《かた》ごしに、光る時計の文字盤《もじばん》を見ながら反論《はんろん》した。

「もうみんな寝《ね》てるよ。ひとりでも起こしてしまったらビーおばさんに叱《しか》られるよ。あしたの朝いちばんにしよう」


翌日《よくじつ》の土曜日、ジェンは近くでとどろく雷鳴《らいめい》や窓《まど》に雨が打ちつけられる音、さらには嵐《あらし》による大波が下の崖《がけ》で砕《くだ》ける音で目をさました。ジェンはかけぶとんをすっぽりかぶって丸くなった。こういう日はふとんにくるまり、おもしろい本を読むにかぎる。

とつぜん、ジェンはベッドからとび起きた。寝《ね》ている場合じゃない。幽霊《ゆうれい》のようなだれかさんは今ごろ下で朝食を取っているはずだ。ジェンはしわだらけのTシャツを着て、スウェットをはいた。手で髪《かみ》の毛をととのえ、はきふるしたスニーカーに足を押《お》しこみ、食堂《しょくどう》へとかけおりた。

ジークはすでにビーおばさんを手伝《てつだ》って、飲み物の台を用意し、食堂のテーブルに、焼《や》きたてのロールパンやマフィンをならべているところだった。暖炉《だんろ》にはあたたかく、元気な炎《ほのお》が燃《も》え盛《さか》っている。そのまえの小さな敷物《しきもの》の上でウーファーが寝ているが、スリンキーはいない。ゆうべはめずらしく、ジェンのところにも来なかった。不安がわき起こったが、ジェンは気にしないようにした。スリンキーはそこいらの人間よりかしこいし、めんどうなことに巻《ま》きこまれないすべを知っている。いつもだったら。

ジェンは自家製《じかせい》のジャムやバターを入れたお皿をならべた。マフィンのかおりは最高《さいこう》だった。いちばんの好物《こうぶつ》はバナナとマカダミアナッツ入り。すべての準備《じゅんび》がととのうと、マフィンをひとつつかみ、オレンジジュースをグラスになみなみとついでテーブルに着いた。するとそこへ宿泊《しゅくはく》客《きゃく》たちが一人、二人と集まってきた。

ビーおばさんはひとりひとりにあいさつし、焼きたてのマフィンやロールパンの種類《しゅるい》を説明《せつめい》した。双子《ふたご》はならんですわり、朝食をお皿に取り分けている宿泊客《しゅくはくきゃく》たちをこまかく観察《かんさつ》していた。と、ジェンがジークのわき腹《ばら》をひじでこづいた。「あれを見て」とささやく。

ジークが見ると、マフィンを選《えら》んでいるエスターのところへ、ジャスパー・ウェストコムがつかつかと歩いていった。ジャスパーに肩《かた》をトンとたたかれて、エスターはふりむきざまにおどろいた表情《ひょうじょう》を見せた。エスターはジャスパーをおそれてる？　ジェンは不思議《ふしぎ》に思った。

ビーおばさんが手をたたいて、みんなの注意を引いた。「停電《ていでん》がつづいてご迷惑《めいわく》をおかけしております。町のほうでは復旧《ふっきゅう》したようですが、嵐《あらし》がまだ居《い》すわるようならいつまた停電してもおかしくありません。あいにくここは町からはなれているので、復旧はだいぶ先になります。ごめんなさい」

「なかなか楽しいじゃないですか」手をふりながらエスターが言った。「はるか昔にタイムスリップしたみたいで」

そう言いながらも、エスターがジャスパーから少しずつはなれようとしていることに、ジークは気づいていた。結局《けっきょく》エスターはジェンと、カレン・ミルズと同じ赤茶色の髪《かみ》の毛をした、顔色のあまりよくないやせた女の人とのあいだにすわった。カレンがその反対《はんたい》どなりにすわっていた。

この人がカレンの母親であることは一目瞭然《いちもくりょうぜん》だ。エスターはそわそわと前髪《まえがみ》に手をやると、顔にかかった髪をうしろへと流した。これでジャスパーもエスターには近づけない。近づこうとすれば、無礼《ぶれい》であからさまになってしまう。それにしても、どうしてこのレポーターはエスターを追いかけているのだろう。

「いったいどうやって、こんなにおいしいパンを焼《や》くことができたのですか？」スナイダー博士《はかせ》の奥《おく》さんがきいた。夫妻《ふさい》は食堂《しょくどう》に入ると、さっそくお皿に好《す》きなものを取ってカレン・ミルズの向かい側《がわ》にすわった。

ビーおばさんはろうそくの明かりのもとで夫妻に向かってほほえんだ。「前回の大嵐《おおあらし》のあとで、ガスオーブンとガス冷蔵庫《れいぞうこ》をそなえつけたんです。おかげで食べるものがなくなることはありません。町に行くのは、びしょぬれ覚悟《かくご》の大冒険《だいぼうけん》になりますので、よかったら三食用意いたします。車で行っても、どこかに車を停《と》めて、歩かなければなりませんからね。ずぶぬれになることは避《さ》けられません。勇敢《ゆうかん》なかたがたには傘《かさ》もありますが……」

ビーおばさんはまだ演説《えんぜつ》をつづけているが、ジェンはぼーっとしていた。どれも聞いたことのある内容《ないよう》だった。宿泊客《しゅくはくきゃく》たちがみんな好きなものをお皿にのせて席《せき》に着くと、ビーおばさんも自分の分を少し取り、みんなといっしょにテーブルについた。ビーおばさんは宿泊客《しゅくはくきゃく》どうしが同じ場所に集《つど》う機会《きかい》を積極的《せっきょくてき》に作っている。だから食事は家族で食卓《しょくたく》を囲《かこ》むようにひとつの大きなダイニングテーブルで取るようにしていた。いつものように全体を見まわして、すべてが行きわたっているかどうかを確認《かくにん》する。そしてカレン・ミルズをじっと見つめて声をかけた。「あなた、灯台記念館《とうだいきねんかん》にある写真の女の子とうりふたつだって、知ってた?」

カレンの母親がくすっと笑《わら》った。「きのう、うろうろしていたときに気づきました。実《じつ》を言うと、キャサリン・マーカムはわたしのひいおじいさんの妹にあたるのです。カレンはキャサリンの古い日記を持っているんですよ」

「ほんとうですか?」スナイダー博士《はかせ》がきいた。「すごいですね。ぜひ拝見《はいけん》したいものです。わたしが書いている本の貴重《きちょう》な資料《しりょう》になるでしょう」

「なんですって、あなた?」奥《おく》さんがきいている。「なにかおっしゃいました?」

スナイダー博士は大きな声で答えた。「なんでもないよ」

「みなさんにお話ししてさしあげたら?」ミルズさんはしかめっつらをしている娘《むすめ》に声をかけた。

「そんなにおもしろいものじゃないから」カレンはそっけなく答えると、腕《うで》を組んだ。

ミルズさんはくすくす笑《わら》った。「もったいぶっちゃって。カレンったら、もう十回以上も読んでいるんですよ」そして声をひそめた。「この灯台《とうだい》に残《のこ》る秘密《ひみつ》の通路や、かくし部屋《べや》のことも書かれてるんですって」

ジェンとジークは顔を見あわせた。秘密の通路だって！

「うわさは聞いたことがあります」とビーおばさん。「でも、わたしは何年もここに住んでいますけど、残念《ざんねん》ながらそんなものは見たことありませんね。この建物《たてもの》のことなら、すみからすみまで知りつくしているんですけどね」

「わたしもそう言ったんですよ」ミルズさんは娘《むすめ》のほうを見ながら言った。「それでも初《はじ》めてこの日記を読んでからというもの、本人がどうしても灯台に行きたいと言いつづけるので。それで、この二百周年《しゅうねん》の祝賀《しゅくが》行事に合わせて来たんですよ」

「この天気と停電《ていでん》で、ほとんどの行事が中止になってしまって、ほんとうに残念ですね」ビーおばさんが言った。「でもご希望《きぼう》なら、由緒《ゆいしょ》あるこの町をご案内《あんない》しますよ。もちろんこのホテルの中もね」

「おもしろそうですね。キャサリンおばさんの古い宝《たから》が見つかるかもしれないし」ミルズさんはそう言うと、娘《むすめ》に向かってにっこりと笑《わら》った。

カレンはそのひと言を聞いて、母親をけわしい目つきでにらんだ。

「宝《たから》？」ジェンが口をはさんだ。「なんの宝？」

「なんでもないの」カレンは母親が口を開くまえに答えた。「宝なんてないんだから」

ジェンとジークの目が合った。おたがいなにを考えているのかはわかっている。カレンはうそをついている！　なぜカレンが納戸《なんど》の中をさぐっていたのか、やっとわかった。

第五章　なにかたくらんでいる？

エスター・バーは手をたたいて喜《よろこ》んだ。「宝《たから》ですって。最高《さいこう》じゃない！」

「宝なんてありません」カレンがきっぱりと言いきった。

「いいえ、あるのよ、きっと」とエスター。まっすぐな黒髪《くろかみ》が左右にゆれている。「願《ねが》ったりかなったりだわ」

「どうして？」ジークがきいた。

エスターはハッとした表情《ひょうじょう》になった。「いえ、とくに理由はないけど。想像《そうぞう》をたくましくしすぎたかしら」

「灯台《とうだい》に眠《ねむ》る秘宝《ひほう》か。おもしろくなってきたぞ」とジャスパー。その目がきらりと光ったのを、ジェンは見のがさなかった。ジャスパーはすぐに席《せき》をはなれた。食堂《しょくどう》を出ると、上着のポケットから携帯《けいたい》電話を取りだしていた。

スナイダー博士《はかせ》はくすくすと静《しず》かに笑《わら》った。「宝《たから》か」ようやく口を開いた。「ファンタジイとしては最高《さいこう》ですね。もっとも、残念《ざんねん》ながらありえない話だが」

「どうしてありえないんですか？」カレンがつめよる。

あれほど宝はないと言いはっていたのに、カレンの声はどこか残念そうだ、とジェンは思った。

「みなさんご存《ぞん》じのとおり、わたしはメイン州《しゅう》に関《かん》する本を書いています。ミスティックのように海沿《ぞ》いの小さな町についても、いろいろと調べてきました。しかし、海賊《かいぞく》かなにかが残《のこ》した宝など、どこにも裏《うら》づけがないんですよ。ミスティック自体、さほど重要《じゅうよう》な港《みなと》ではなかったし、だからこそ早々《そうそう》にこの灯台も、灯台としての機能《きのう》を失《うしな》ったのです」

「そのとおりです」とビーおばさんはうなずき、お皿を片《かた》づけはじめた。ジェンとジークもさっと立ちあがり、手伝《てつだ》った。「この灯台に電気を引いたのは、主人とわたしですから」

「そのまえはなにを使っていたのですか？」ミルズさんが質問《しつもん》した。

スナイダー博士《はかせ》は軽くせきばらいをすると、まるで学生向けに講義《こうぎ》でもおこなうかのようにしゃべりはじめた。「電気がなかった時代、灯台《とうだい》ではくじらの油のランプを使っていました。その油を切らさないようにするのが、灯台守《とうだいもり》の仕事だったんです。灯台の中には、光源《こうげん》が回転しない固定式《こていしき》のものもあれば、時計のようなしくみで、光がぐるぐる回転するものもありました」

「もし灯台守がランプに油を入れ忘《わす》れたら、どうなるんですか？」ジェンがきいた。

博士は白いものの混《ま》じったまゆをしかめて、ジェンのほうを向いた。「船が岸に衝突《しょうとつ》し、何人もの生命が奪《うば》われる」

ジェンは思わず体がふるえてしまい、かかえていたお皿がぐらぐらとゆれた。あわてて台所へと運んでいく。船が沈没《ちんぼつ》して命が奪われる……

ジークが空《から》のピッチャーを手に、ジェンの真うしろに立っていた。

ジェンはくるっとふりかえった。「もう、おどかさないでよ」

「なにをそうびくびくしてるの？」

「考えてたのよ。何日間も海の上ですごした船乗りたちが、ようやく陸《りく》の明かりを求《もと》めてもどってきたのに、危険《きけん》な岩や岸壁《がんぺき》に気づかないでそのままつっこんでしまったなんて。かわいそうじやない」

「町にも言い伝《つた》えがあるよね。幽霊《ゆうれい》が灯台《とうだい》の明かりを消して、灯台が真っ暗になってしまう話」

ジークが思い出しながら言った。

「そして今も、灯台は真っ暗だわ」得体《えたい》の知れない恐怖《きょうふ》に襲《おそ》われ、ジェンはのどがつまりそうになった。「昔のように……」声が次第《しだい》に小さくなった。

一瞬《いっしゅん》ジークは金縛《かなしば》りにあったように動けなかった。それでも恐怖心をふりはらった。「作家になれるよ」けらけら笑《わら》いながらそう言うと、台所へと向かった。

ジェンは勝手口《かってぐち》わきに置《お》いたバケツの水を、深なべいっぱいにそそいだ。この水は外の井戸《いど》からくみあげたものだ。ガスコンロにマッチを使って点火した。そしてなべをその火にかけた。ジェンはコンロの横で立ったまま、水があたたまるのを待った。そのお湯でお皿を洗《あら》うのだ。一方のジークは、宿泊者《しゅくはくしゃ》たちがその日の計画を立てているあいだに、のんびりと時間をかけて朝食のお皿をさげた。

「カレンとわたしは町まで行ってきます」コーヒーをすすりながらミルズさんが言った。

「でも雨がふってるじゃない」カレンは不満《ふまん》そうだ。

ミルズさんは笑《わら》っている。「ちょっとくらいの雨で、溶《と》けるわけじゃあるまいし」

「ちょっとどころじゃないよ」カレンはまだぼやいている。

「なんですって？」スナイダー博士《はかせ》の奥《おく》さんが自分の耳を指さしながら大きな声できいた。「よく聞こえなかったのだけど」

「なんでもないよ」スナイダー博士が答えた。博士が立ちあがると、奥さんも同じように立ちあがった。「部屋《へや》で仕事があるので」博士はみんなにあいさつした。

「わたしは居間《いま》でのんびりさせてもらうわ」奥さんはそう言うと、大きな赤い手さげの奥から文庫本をさがしだした。

二人が部屋から出ていくと、エスターが優雅《ゆうが》に立ちあがった。「わたしは由緒《ゆいしょ》あるこの建物《たてもの》の中を見せていただくわ。よろしいかしら。とても魅力的《みりょくてき》なところなんですもの」そう言うとゆっくりと食堂《しょくどう》から出ていった。途中《とちゅう》、家具や壁《かべ》に飾《かざ》られた絵画、そして窓《まど》からの景色《けしき》を興味《きょうみ》深そうに見ていた。

ジークは台所に残《のこ》りの食器《しょっき》をさげた。台所ではジェンが、ようやくあたたまったお湯でお皿を洗《あら》っていた。ジェンが洗剤《せんざい》の泡《あわ》をジークに飛《と》ばした。

ちょうどそのとき、ビーおばさんがあらわれた。腰《こし》に手をあてている。「なにをしているの」

ジェンは言い訳《わけ》を考えたが、おばさんが本気で怒《おこ》っているわけではないことはわかっていた。それに今年の夏、大いに盛《も》りあがった泡合戦《あわがっせん》を始めたのは、ビーおばさんだったじゃない！

「ジーク、カウンターからハサミを持ってきてくれない？」ビーおばさんが頼《たの》んだ。

ジークは食堂《しょくどう》を走りぬけ、ロビーへ向かった。途中《とちゅう》、エスター・バーの声が聞こえて、足を止めた。受付カウンターへゆっくりと近づいていくと、エスターのやわらかな声がさらに大きく聞こえてきた。廊下《ろうか》の先、〈スイセン・スイート〉の近くにいるのだろう。ジークは耳をすました。

「なんとしても宝《たから》を手に入れるのよ。どんな手を使ってもいいから。昼夜を問《と》わず……見つけだすためなら手段《しゅだん》を選《えら》ばず……」

ジークは息をのんだ。ハサミをつかむと、急いで台所にもどった。

ビーおばさんがいなくなるのを待って、ジークは今立ち聞きしたことをざっとジェンに説明《せつめい》した。ジェンは目を大きく見開いた。「あの人、なんかあやしいと思っていたのよ。だれと話していたの？」

「わからないんだ。ほかに声は聞こえなかったし、携帯《けいたい》電話かもしれない」

ジェンは最後《さいご》のお皿をふきおわると、食器棚《しょっきだな》にならべた。「行ってみよう。まだ話の途中《とちゅう》かもしれないし」

二人が食堂《しょくどう》に入ろうとしたとき、ミルズさんがコーヒーカップを下に置《お》きながら、説得《せっとく》するのが部屋《へや》の向こう端《はし》から聞こえた。「ねえ、行きましょうよ」

「でも気がすすまないんだもん」カレンの声だ。

ジークとジェンは記念館《きねんかん》のほうへ数歩さがり、戸口から様子をうかがった。

カレンは、ほの暗い中でも見たらすぐに仮病《けびょう》だとわかるような顔をしていた。ジェンもこの手を何度か使ったことがある。

ミルズさんも慣《な》れたものなのだろう。疑《うたが》うような目で娘《むすめ》を見ている。「ほんとうに行かないの？」

「とってもすてきな町なのよ」ビーおばさんも食堂に入ってきて援護《えんご》した。

カレンはますます調子の悪そうな表情《ひょうじょう》を見せた。「それはそうだろうけど、ちょっと横になりたいの」

ミルズさんはあきらめたように肩《かた》をすくめ、ラベンダー色のレインコートを羽織《はお》った。ジェンの大好《だいす》きな色だ。しかもミルズさんの色白な顔ときれいな髪《かみ》の毛に、とても似《に》あっていた。ミルズさんはビーおばさんといっしょにロビーへと消えていった。

食堂《しょくどう》にはだれもいなくなった。カレンはおどおどしながらまわりを見まわしている。ジェンとジークが記念館側《きねんかんがわ》のドアのうしろからのぞいていることには気づいていない。カレンが懐中電灯《かいちゅうでんとう》を持った。ところが向かったのは部屋《へや》のほうではない。しのび足で台所へと向かう。

「なにかたくらんでるわよ」ジェンがささやいた。気づかれないように、カレンのあとをつけた。ジークもそのすぐうしろをついていく。二人は音も立てずに台所に入った。だれもいない。ジェンは納戸《なんど》を指さし、その指をくちびるにあてた。ジークもうなずく。ゆうべと同じところにカレンはいるはずだ。物音ひとつ立てまいと注意しながら、二人は納戸の中へそっと入った。

ジェンは息をのんだ。カレンが消えた！

第六章　大事な秘密《ひみつ》

「やっぱり！」ジェンが叫《さけ》んだ。声をおさえるのをすっかり忘《わす》れている。「あの子、幽霊《ゆうれい》なのよ！」

ジークはゆうべ同様、棚《たな》をたんねんに調べた。押《お》したり、引いたり、ゆらしたり。「なにばかなことを言ってるんだよ？」手を動かしながらジークが言った。「カレンが幽霊なわけないだろ。ちゃんと説明《せつめい》ができるはずさ。懐中電灯《かいちゅうでんとう》を貸《か》してくれない？」

今回はジェンも言いかえさなかった。懐中電灯を向けてやった。とつぜん、ジークが動きを止め、首をかしげた。

「聞こえた？」

ジェンは耳をすました。聞こえる！　押《お》し殺《ころ》したようなネコの鳴き声だ。

「ねえ、スリンキーよ。壁《かべ》の向こう側《がわ》にいるみたい！」

ジークはもう一度棚《たな》や壁をていねいに調べはじめた。いろいろなところを押したり、つついたりしている。「ねえ、ここを照《て》らしてみて。すきまがあるだろう？」

「秘密《ひみつ》の扉《とびら》かもね」ジェンはわくわくしている。

ジークはじゃまになっていたトマトの缶《かん》づめをどけると、細いすきまを指でなぞる。なにもない。

「もう一回やってみたら」ジェンがせきたてる。

気持ちを集中させ、ジークはさらに力を入れて押してみた。古い木のトゲがささらないといいけど。と、とつぜん、幅《はば》一メートルほどもある壁の一部がバタンと開いた。そこにはぽっかりと真っ暗な穴《あな》があった。

スリンキーが出てきた。ほこりまみれになっている。

ジェンが抱《だ》きあげようとしたが、スリンキーはあっという間に角を曲がり、いなくなってしまった。

「いったいいつからここにいたんだろう」ジェンはつぶやいた。「ゆうべはわたしのところへ来なかったから、夜のあいだずっとここに閉《と》じこめられていたんだわ、きっと」

ジークは聞いてもいなかった。「秘密《ひみつ》のトンネルだ！」

ジェンもさっとふりかえり、真っ暗な空間をのぞきこんだ。奥《おく》になにがあるのか知りたくて、ためらいもせず足を踏《ふ》みいれかけた。

ジークがそれを引きもどした。「気をつけて。なにがあるかわからないからね」

「カレンは入っていったんでしょ。行こうよ」ジェンは、暗くせまい通路にそっと入りこんだ。まもなく下へ向かう階段《かいだん》に出た。ジェンが懐中電灯《かいちゅうでんとう》で照《て》らしたが、その階段ははてしなくつづいているように見えた。ジェンはすっかり行く気を失《うしな》ってしまっている。

ジークがジェンをひじでそっと突《つ》いた。「で、行くの、行かないの？」

「とりあえず行ってみる」まるで最後《さいご》のひと息というように大きく深呼吸《しんこきゅう》すると、ジェンは階段をおりはじめた。

すぐうしろにジークがつづいた。おりながら段の数を数えたが、十五段をこえても、まだつづいている。地下室におりる階段《かいだん》が十五段だから、二人はすでにホテルの地下よりももっと低《ひく》いところにいることになる。

「ここ、寒いね」ふるえながらジェンが言った。

ジークは壁《かべ》をさわって言う。「この通路、岩をくりぬいて作ったんだ」

「階段は木よ」とジェン。「かなりほこりもかぶってるし、汚《よご》れてる。でもこのあたりの足あとは最近《さいきん》ついたものみたい」

「きっとカレンのだよ」ジークが言った。

ようやく階段をおりきった。

「なんだか、おとぎ話やファンタジイの登場人物になった気分だわ」ジェンがささやいた。目のまえで通路がふたまたに分かれている。ジェンは左側《ひだりがわ》の道を照《て》らした。「上に行く階段ね」懐中《かいちゅう》電灯《でんとう》でさらに奥《おく》を照らすと、そこから先は平らだった。「こっちに行きましょう」

二人はそろりそろりと進んだ。ごつごつした壁に押《お》しつぶされそうな感じや、地表から六メートル以上《いじょう》も下にいるということを、ジークは必死《ひっし》で無視《むし》しようとした。かびくさい。でもときどき、ほんのわずかだが、海のにおいのする風を感じることができた。トンネルは曲がりくねっていて、すっかり方向がわからなくなってしまった。

まもなく、三叉路《さんさろ》に出た。向かって右側《みぎがわ》はまた階段《かいだん》が下へとつづいている。真ん中と左側はそのままトンネルがつづいているみたいだ。

「カレンはどっちに行ったのかな?」ジェンがきいた。

その質問《しつもん》に答えるかのように、小さなくしゃみが聞こえた。ジェンが真ん中の通路を懐中電灯《かいちゅうでんとう》で照《て》らし、急いで先へ進んだ。角を曲がったところでカレンの姿《すがた》が照らしだされた。くしゃみをがまんしようとしている。でも二人を見ると、こらえきれずくしゃみをした。

「だいじょうぶ?」ジークが言った。

カレンは顔をしかめた。「こんなところでなにをしているの?」

「あなたをつけてきたのよ」ジェンが説明《せつめい》する。「なにをこそこそとしているのか、つきとめたかったの。このトンネル、どうやって見つけたの?」

「こそこそなんかしてないわ。探検《たんけん》してるだけよ」カレンは弁解《べんかい》する。

「でもきのう、居間《いま》から消えちゃったじゃない」ジェンも負けていない。「あんなふうに消えたら、こそこそしてると思っちゃうわよ」

「もういいだろ」ジークが割《わ》って入った。「要《よう》はきみがこの秘密《ひみつ》のトンネルを見つけて、ぼくたちがきみを見つけたってこと。でも心配しないで」カレンの不安そうな顔を見て、あわててつけくわえた。「だれにも言わないから。ね、ジェン？」

「もちろん言わないわよ」ジェンがきっぱりと答えた。それから緊張《きんちょう》を解《と》いて、にこっと笑《わら》った。

「こんなおもしろいこと、人に教えるのはもったいないもん」

カレンは二人のことをしばらくのあいだ、疑《うたが》い深そうに見つめていた。

「わかったわ。ほんとうのことを教えてあげる。でもだれにも言わないって誓《ちか》える？」

ジェンもジークもうなずいた。

「キャサリン・マーカムの日記を持っているというのはほんとう」カレンは話しだした。「そこにこの秘密のトンネルのことが書いてあったの。きのうの午後、ここに来てから真っ先にさがしはじめた。それだけよ」

「それだけ？」ジェンは信《しん》じられずにききかえした。

「宝《たから》は？」ジークも追及《ついきゅう》する。「宝はあるの？」

カレンはまだ心配そうな顔をしている。

「教えてよ」とジェン。「わたしたちもさがすのを手伝《てつだ》うから」

「これまでのところ、トンネルへの入り口が三つあることはわかった。居間《いま》と、納戸《なんど》と、使っていない客室の三カ所」

「すごい！」ジェンが声をはりあげた。「もう何年もここに住んでいるのに、ぜんぜん知らなかった。ビーおばさんも秘密《ひみつ》の入り口を見つけられなかったなんて、信《しん》じられない」

「でもほんとうに宝《たから》はあるの？」ジークがきいた。

カレンは肩《かた》をすくめた。「まだなにも見つかってないの。二番目の三叉路《さんさろ》のうち、一本は貯蔵《ちょぞう》室《しつ》みたいな、壁《かべ》に古い棚《たな》のある部屋《へや》につながってた。もう一本の通路はもっと下へ向かってる」カレンはちょっと恥《は》ずかしそうに苦笑《にがわら》いした。「でもこわくて見にいけなくて。そしてこの通路でしょ。黄金もなにも見つかってないわ」

「黄金？」一瞬《いっしゅん》息をのんだあとで、ジェンがききかえした。

「まずありえないと思うけど」カレンはまるでむずかしい決断《けつだん》をくだすかのように、大きく深呼《しんこ》吸《きゅう》をした。「もうひとつ話しておくことがあるの。キャサリンの日記はとつぜん終わっている。これが最後《さいご》の文章よ」カレンは目を閉《と》じ、まぶたの裏側《うらがわ》に書かれた文字を読んでいるかのように暗唱《あんしょう》した。〝闇《やみ》につつまれた灯台《とうだい》の秘密《ひみつ》はとてもおそろしく、耐《た》えがたい。だれかに話してしまいたい。しかしながらこれほどの富《とみ》となると、いったいだれを信用《しんよう》できよう。それゆえにわたしはその真相《しんそう》を葬《ほうむ》ることにする。明かされるのははるか先。そのときにはすべてが明らかとなる。わたしはできるかぎりのことをして、この大事な秘密をかくしておこう。いつの日か、それが必要《ひつよう》とされる日が来るまで。いつものように、その場所は×印《じるし》の左側《ひだりがわ》に〟

「また闇につつまれた灯台か」ふるえながらジークが言った。そして町の言い伝《つた》えをカレンに手短《てみじか》に話して聞かせた。幽霊《ゆうれい》が灯台の火を消し、船に危険《きけん》をおよぼしたという話だ。「キャサリンはこのこと、知ってたのかな」

「キャサリンの秘密っていうのは、かくされた宝《たから》と関係《かんけい》があるにきまってる」ジェンの声が興奮《こうふん》でうわずっている。「その秘密を知るためにも、宝を見つけなくちゃ」

「そしてその方法《ほうほう》はただひとつ」ジークがつないだ。「キャサリンが日記に残《のこ》した手がかりを解明《かいめい》すること」

「そうね、だったら急がなくちゃ」カレンがするどい口調《くちょう》で言った。

ジェンがカレンを見た。「どうして？」

「このちょっと先で、つるはしを見つけたの」

「トンネルを掘《ほ》るときに使ったものかな」ジークがきいた。

カレンは首をふった。「ううん。きのうはそんなものなかった。ということはつまり――」

「宿泊客《しゅくはくきゃく》のだれかがトンネルを見つけて、宝《たから》をさがしてるんだ！」ジェンとジークの声はほぼぴたりとそろっていた。

カレンがうなずいた。「でもいったいだれが？」

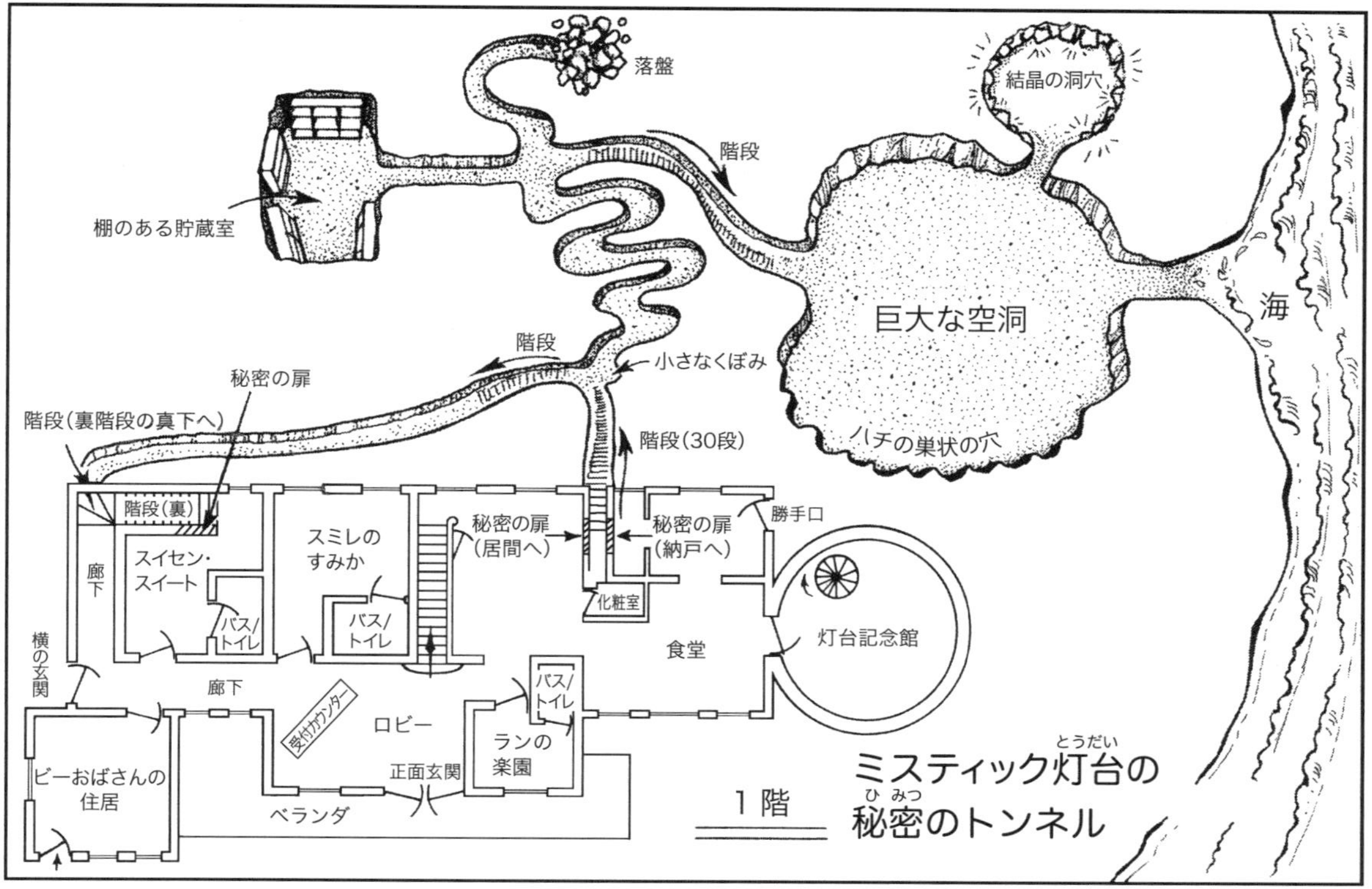
ミスティック灯台《とうだい》の秘《ひ》密《みつ》のトンネル
1階
落盤
結晶の洞穴
階段
棚のある貯蔵室
巨大な空洞
海
階段
小さなくぼみ
秘密の扉
階段(裏階段の真下へ)
階段(30段)
ハチの巣状の穴
階段(裏)
スミレのすみか
秘密の扉(居間へ)
秘密の扉(納戸へ)
勝手口
スイセン・スイート
廊下
化粧室
バス/トイレ
バス/トイレ
灯台記念館
食堂
横の玄関
廊下
バス/トイレ
受付カウンター
ロビー
ランの楽園
ビーおばさんの住居
正面玄関
ベランダ

第七章　その場所は×印《じるし》

「つるはしはどこ？」ジークがきいた。

カレンは二人をトンネルのさらに奥《おく》へと案内《あんない》した。するとトンネルはとつぜん終わっていた。

「落盤《らくばん》が起こったみたいね」ジェンは不安になった。石がごろごろところがり、土砂《どしゃ》とともに通路をふさいでいる。「トンネルのほかの部分はくずれないといいけど」

カレンはうなずきながら、つるはしに光をあてた。ジークはしゃがんで、汚《よご》れた木の柄《え》とするどくとがった金属《きんぞく》の先をたんねんに調べた。

「古そうだね。でも、このへんについた傷《きず》が光っているということは、最近《さいきん》なにかかたいものに使ったんだ。この石の壁《かべ》とかね。石がさびや汚《よご》れをこすり落としたんだな」

「だれのものだろう?」カレンがきいた。

「わかんない」ジークが正直《しょうじき》に答える。

「土の上に足あとが」とジェン。奥《おく》のほうに光を向けている。

「わたしのでしょ」カレンが指さしながら言った。

「でもあのあたりはちがうよ」ジェンは大きめの足あとに光をあてつづけている。「スリンキーの足あともある。あっ、あれはなに?」小さくて丸いなにかが、薄明《うすあ》かりの中できらっと光った。

ジェンはそれを拾いあげると、てのひらでころがした。

ジークはまじまじとそれを見た。「へんだね、ボタンじゃないか」

カレンはだまったまま、きらきらと光るボタンを見つめていた。

「貴重《きちょう》な手がかりね」ジェンはボタンを自分のポケットにしまった。「だれかがここまで来て落としたのよ!」

ジークは指を三本立てた。「手がかりはつるはし、足あと、そしてボタン」

「もう帰ろうよ」懐中電灯《かいちゅうでんとう》がちらつきはじめたのを見て、カレンがあわてて言った。「ここから出なくちゃ。懐中電灯《かいちゅうでんとう》が切れそうだから」

三人は急いでトンネルを引きかえし、三十段《だん》ほどのぼるとせまい空間に出た。納戸《なんど》への扉《とびら》は開いたままだった。

「あっちにも扉があるのよ」反対側《はんたいがわ》の壁《かべ》を指さしながらカレンが言った。

「居間《いま》ね」とジェン。「きのうはそうやって姿《すがた》を消したのね」にやっと笑《わら》った。「てっきり幽霊《ゆうれい》だと思っちゃった」

カレンも笑顔《えがお》を見せた。「そうだったりして」

納戸にもどると、ジークが秘密《ひみつ》の扉をひっぱって閉《し》めた。棚《たな》が作りつけられた一枚《まい》板はカチッという音とともに、ぴったりもとの位置《いち》にもどった。そこに扉があると知らなければ、見つけようがない。三人が居間に場所を移《うつ》して話しあおうとしていたところ、ミルズさんにつかまってしまった。レインコートを着たままで、ラベンダー色の布地《ぬのじ》の上で、水滴《すいてき》がきらきらと光っていた。

「ここにいたのね、カレン」ミルズさんが言った。「町ですごくかわいいお店を見つけたの。あなたをむかえにもどってきたのよ。おみやげも買えるし、行きましょう」

カレンは双子《ふたご》を見て肩《かた》をすくめた。「じゃあ、あとでね」

ジェンとジークもうなずいた。〃あとでね〃の意味がわかったからだ。あとでいっしょに手がかりを整理して、宝《たから》を見つけようということだ。

居間《いま》をのぞくと、スナイダー博士《はかせ》の奥《おく》さんがすみのイスにすわり、本をぱらぱらとめくっていた。じゃまをしたくなかったし、話を聞かれるのもいやだったので、二人はロビーの窓《まど》ぎわにあるすわり心地《ごこち》のよいイスに落ち着いた。

「ここにいる全員が宝のことを知っていて、しかも興味《きょうみ》を持っているとなると」ジークが小声で言った。「あのつるはしは、だれのものであってもおかしくないわけだ」

ジェンはむっつりとうなずいた。「なんの役にも立たないわね」

「足あとはかなり大きかったから男の人だよ、きっと。スナイダー博士かジャスパーさん」

「でも、ぐちゃぐちゃだったから、だれの可能性《かのうせい》もあるかもよ」

ジークは顔をしかめた。「そうだね。ボタンもあるけど、だれがなくしたのか、見当もつかないし」

「こうなると、キャサリンの日記の謎《なぞ》だけが手がかりね。日記を読んでるのはカレンだけだから、この手がかりのことはだれも知らない」

「いつものように」ジークが暗唱《あんしょう》する。

「その場所は×印《じるし》の左側《ひだりがわ》に」

「たいした手がかりよね」とジェン。

「くだらない海賊映画《かいぞくえいが》みたい。その場所は×印の左側に、なんて」

二人はそのあとも一時間ほど、だらだらとすごしていた。するととつぜんジェンがイスから立ちあがった。

「どうしたの？」ジークがきいた。ジェンはなにやら興奮《こうふん》している。

ジェンはジークの腕《うで》をつかんだ。「ちょっと来て！」居間《いま》を走りぬけると、せまい化粧室《けしょうしつ》に入った。スナイダーさんが声をかけてきたが、ジェンはバタンとドアを閉《し》めてしまった。

ジェンは緊張《きんちょう》した声で、ジークに耳打ちした。「二年まえ、居間と化粧室をリフォームしたとき、気づいたの。ビーおばさんは、その壁《かべ》は建《た》てられた当時のものだからそのままにしておくようにって言ったわ」洗面台《せんめんだい》の奥《おく》にある傷《きず》だらけの壁《かべ》を指さした。「おばさんは昔っぽくていいんじゃないかって」ジェンは洗面台の上の鏡《かがみ》をはずしながら、ゆっくりと言った。「ほら、これよ」

ジークは壁にきざまれた十字をじっと見つめた。鏡のうしろにかくれていて、これまで気づかなかった。「このへんてこな十字がどうしたっていうの?」

ジェンは目を見開いてジークを見た。そして頭を左側《ひだりがわ》にかたむけた。「こうやって見るのよ!」

ジークもそのとおりにやってみた。「いつものとおり、その場所は×印《じるし》の左側に!」頭を左にかたむけると、ゆがんだ十字がきれいな×印になった。「それにあれを見て」ジークが指さした。×印の左側には、古い木の壁《かべ》に穴《あな》があいている。これもまた鏡《かがみ》でかくされていた。ジークはポケットから万能《ばんのう》ナイフを取りだした。慎重《しんちょう》に、その穴をつついてみる。なにも変化《へんか》はない。

「もっと深く掘《ほ》ってみて」ジェンが声をかける。

ジークはナイフの先を穴に突《つ》き刺《さ》し、奥《おく》へ押《お》しこんだ。そしてゆっくりとひねった。

「動いた!」ジェンが叫《さけ》んだ。

壁を傷《きず》つけないよう、ジークがそっとナイフを引きだすと、まるでコルクのように穴の中身がスポッと抜《ぬ》けた。

二人は穴の中をのぞきこんだ。ジェンが二本の指を穴の中に入れ、小さく折《お》りたたんだ黄ばんだ紙を取りだした。

第八章　闇《やみ》の灯台《とうだい》に棲《す》む亡霊《ぼうれい》

とつぜんだれかがドアをたたいた。「なにをしているの?」外から声がする。「だいじょうぶなの?」

ジェンはあわてて鏡《かがみ》をもどし、壁《かべ》にある×印《じるし》と穴《あな》をかくした。「スナイダーさんよ。行こう」

ジークがドアを開け、二人そろって居間《いま》に出た。「だいじょうぶです」ジークが答えた。「その——棚《たな》のねじをしめなおしてただけです。すっかり使いやすくなりましたよ」

「そうなの?」スナイダーさんは疑《うたが》わしげに二人を見た。

そこにカレンがおかあさんといっしょに登場したので、それ以上《いじょう》せんさくされずにすんだ。

ジェンはカレンににこやかに声をかけた。「いっしょにモノポリーやらない？」

「モノポリー？」カレンは顔をしかめた。そこでジークが目くばせをした。

「ああっ、モノポリーね」カレンは母親のほうを向いた。「ねえ、いっしょに遊んでもいい？」

ミルズさんはため息をついた。「いいわよ、楽しんでらっしゃい」そしてカレンをぎゅっと抱《だ》きしめると、食堂《しょくどう》へ向かった。食堂にはビーおばさんが、ホットコーヒーとココアの入ったポットと、マグカップを用意してある。

カレンはジェンとジークについて、ロビーと廊下《ろうか》を抜《ぬ》け、角を曲がった。

「すごいものを見つけたんだよ」裏《うら》の階段《かいだん》近くの、だれにも見られないところまで来ると、ジークが言った。声が大きくならないよう、おさえるのに必死《ひっし》だ。

カレンの目が丸くなった。「もう宝《たから》を見つけたの？」

ジェンが声を出さずに笑《わら》った。「まだよ。でもすごく重要《じゅうよう》なものかも」そう言うと、ぼろぼろの古い紙切れを慎重《しんちょう》にさしだし、どこでそれを見つけたのかを説明《せつめい》した。

興奮《こうふん》にふるえる指で、カレンはその紙を開いた。まずは声を出さずに読んだ。表情《ひょうじょう》が暗くなった。「クリスマスがすぎると、そこに残《のこ》るはわたしの記憶《きおく》」

ジェンが不満《ふまん》そうにしている。「ロビーの三番目の床板《ゆかいた》の下に黄金眠《ねむ》る、とか書いてくれればいいのに」

「クリスマスがすぎると、そこに残《のこ》るはわたしの記憶《きおく》」深く考えこむようにうなずきながら、ジークがくりかえした。

「今のはなに？」カレンがとつぜんささやいた。「床板がきしむような、ギシッという音が聞こえたんだけど」

ジークは耳をすましてみたが、聞こえてくるのは居間《いま》でスナイダーさんがせきをする音と、絶《た》え間《ま》なくホテルに吹《ふ》きつける風の音だけだ。

ジェンは足をしのばせ、角を曲がってみた。しかし、居間につづく廊下《ろうか》にはなにもなかった。

「なにもないわ。闇《やみ》の灯台《とうだい》に棲《す》む亡霊《ぼうれい》かも」

「いったいなんのこと？」ジークがきいた。

「やたらとみんなが闇の灯台だとか、亡霊だとか言うもんだから、きちんとした名前をつけてあげようかと思って」ジェンが答えた。

二人が冗談《じょうだん》を言っていることに気づいて、カレンはほっとした。「ほんとうに亡霊がいるのかと思った」

ジェンは笑《わら》った。「これまでも得体《えたい》の知れない音は聞こえたけど、心配することはないわ」

それでも三人は警戒《けいかい》しながら、カレンが泊《と》まっている二階の〈ひまわり広場〉へ向かった。宝《たから》さがしに入るまえに、まずはカレンにこの紙をかくしてもらうことにしたのだ。カレンは部屋《へや》を見まわすと、紙切れをドレッサーの下に押《お》しこんだ。その後、三人はまた一階にもどった。

「宝について、ビーおばさんにきいてみようよ。なにか知ってるかもよ」ジークが提案《ていあん》した。

「だれにも言わないって約束《やくそく》したじゃない」カレンがあわてたような顔を見せた。

ジェンがカレンの腕《うで》を軽くたたいた。「心配しないで。肝心《かんじん》なところはだまっておくから。それに、もしビーおばさんがほんとうにこの灯台《とうだい》に宝が眠《ねむ》っていると思ったら、きっとさがすのを手伝《てつだ》ってくれるはずよ」

三人は居間《いま》をさがしたが、いたのはスナイダー博士《はかせ》の奥《おく》さんだけだった。「ようやく見つけたわ。さあ、教えてちょうだい。化粧室《けしょうしつ》でいったいなにをしていたの?」しつこくきいてくる。

三人が言い訳《わけ》を思いつくまえに、なにか重たいものが落ちた音がホテルじゅうに響《ひび》きわたった。するとつぜん、スナイダーさんはせきとくしゃみが止まらなくなった。あまりにも大きくくしゃみをしたので、膝《ひざ》の上にあった手さげを落としてしまった。

笑《わら》いをかみ殺《ころ》しながら、ジェンがすばやくそれを拾いあげた。でも思いのほか重かったので、かたむいて中身がいくつかとびだしてしまった。

「ごめんなさい」ジェンはあやまりながらスナイダーさんに手さげをわたした。ポケットティッシュ、キーホルダー、そして本が一冊《さつ》。ジェンが本を表《おもて》に返すと、スナイダーさんがひったくるようにして取りあげてしまったので、表紙はちらりとしか見えなかった。

スナイダーさんはその本をかばんに押《お》しこみ、すぐに鼻をかみはじめた。

ジェンはこのときとばかりにその場をはなれ、ほかの二人とともに居間《いま》をあとにした。そしてスナイダーさんに聞こえない場所まで来ると、二人に小声でささやいた。「ねえ、あの本のタイトル見た？　宝《たから》さがしとかなんとか書いてあったよ。トンネルの中をうろついていたのはスナイダーさんかな？」

「スナイダーさんはいつも居間にいるじゃないか。いったいそんな時間、どこにあるの？」ジークがきいた。

「トンネルの中で鼻をかむ音が聞こえるはずだし」カレンもくすくす笑いながらつけくわえた。

「あの音、ホテルの中からでもトンネルまでよく聞こえるのよ」

ビーおばさんは自分の部屋《へや》で大きなキャンバスに絵を描《か》いていた。今はまだ赤とオレンジとむらさきのなぐりがきにしか見えない。でもそれがビーおばさんの手にかかると、色あざやかな夕日や、美しく大きな花の絵へと変貌《へんぼう》をとげるのだ。

「そのことね」ジークの話を聞いて、ビーおばさんは言った。「小さな町にはどこでも、宝《たから》のうわさがあるものよ。でもここミスティックで流れているうわさを裏《うら》づけるものは、なにひとつ見たことがないわ」

「もっと調べるにはどこに行けばいいの？」

ビーおばさんは一瞬《いっしゅん》考えた。「『村人が語る小さな町』という古い本があるわ。昔のミスティックについて書かれたものよ。宝についての記述《きじゅつ》を見たのはこの本だけだわ。がんばって宝を見つけてね」三人が部屋を出るときに、ビーおばさんがはげましてくれた。

「図書館に行ってこの本をさがしてみようよ。クリスマスうんぬんのこともなにかわかるかもしれない」ジェンはあまり期待していない様子だ。「少なくともこの建物《たてもの》から出られるわけだし」

玄関《げんかん》へと向かう途中《とちゅう》、受付《うけつけ》カウンターの裏でエスターを見かけた。エスターは三人を見ると、あわてて身を正した。顔がポッと赤くなる。髪《かみ》の毛をいじりながらエスターは言った。「びっくりしたわ。ペンはどこかしら」

ジェンが手をのばし、カウンター上にあるぎっしりとつまったペン立てから一本引きぬいて、エスターにわたした。

「あら、ありがとう。そんなところにあったのね」ペンを片手《かたて》に、ランプをもう一方の手に持って、エスターはそそくさと去った。

三人とも、冷《つめ》たい雨の中を歩きまわるのを楽しみにしていたわけではなかったが、威勢《いせい》よく外にとびだすと、それはそれで悪くなかった。もちろんジークはぬれることには慣《な》れっこだ。ヨットと水泳がジークの趣味《しゅみ》なのだから。でも水たまりの中をバチャバチャ歩くのはそれとはちょっとちがう。

二十分ほど歩き、近道をしながら町の図書館に近づいたころ、カレンがジェンをひじでつついた。「ふりむかないで」声をひそめて言った。「わたしたち、つけられているみたい」

ジェンはなにげなくくつ屋のウィンドーをのぞくふりをして、ちらっとうしろに目をやった。たしかにだれかいる！　男の人のようだけど、よくわからない。露骨《ろこつ》にふりむくわけにもいかない。三人はそのまま歩きつづけたが、ジェンはちらちらとうしろを見ていた。グレーのレインコート姿《すがた》の人物はまだついてきている。

図書館へと急いだ。中に入る直前、ジェンは最後《さいご》にもう一度うしろをたしかめた。まだいる。グレーの人影《ひとかげ》が道の反対側《はんたいがわ》で、くつひもを直すふりをしていた。不安をふりはらい、ジェンはジークとカレンのあとを追って図書館に入った。

三人は書棚《しょだな》から書棚へ、ビーおばさんが教えてくれた本をさがした。ようやくすみの棚でその本を見つけた。

「この本、だれも借《か》りたことがないんじゃないの」とカレン。ほこりが舞《ま》い、くしゃみをしている。

古く、かびくさい本を手に取ると、ジークは指先でページをめくりはじめた。まもなく宝《たから》に関《かん》する文章が見つかった。「書いてあるのはこれだけ。〝灯台《とうだい》の明かりを消してしまう亡霊《ぼうれい》がいるといううわさは、今も根強く残《のこ》っている。夜の暗闇《くらやみ》の中、目印《めじるし》となる光を失《うしな》った船は岩に衝突《しょうとつ》し、宝は波間《なみま》に消えていった。うわさによると、闇の灯台に棲《す》む亡霊は海からその宝を拾いあげ、灯台のどこかにかくしたという〟」

「闇《やみ》の灯台《とうだい》に棲《す》む亡霊《ぼうれい》ってたしかにいたのね」とジェン。

「それに、沈没船《ちんぼつせん》の宝《たから》がどこかにあるはずだ」ジークはつぶやくと、本を閉《と》じ、棚《たな》にもどした。

帰り道、ジェンは油断《ゆだん》することなくうしろに気をつけていたが、だれかにつけられているような様子はなかった。ホテルにもどり、タオルで体をふくと、食堂《しょくどう》へ行った。あたたかいココアを飲み、クッキーを食べながら、ジークはこれまでにわかったことを整理した。そして最後《さいご》に言った。「このクリスマスうんぬんさえ解《と》ければ、なにかわかるはずなのに」

ジェンはマシュマロを二、三個《こ》マグカップにほうりこんだ。「そのころのクリスマスってどんな感じだったのかしら」

「キャサリンの日記には、クリスマスのことはあんまり書かれてないの」とカレンは言い、ココアをひと口飲んだ。「毎年、両親にはなにかプレゼントを作っていたみたい。おとうさん、おかあさんそれぞれからプレゼントをもらっていたんだって」

「あの古い写真にあるテディ・ベア」なにげなくジェンが言った。「あれはきっとクリスマス・プレゼントだったのね」

ジークがそこで指をパチンと鳴らした。「それだよ!」

第九章　どこにもない

「それって、どれ?」ジェンがきいた。

「クリスマスの写真だよ。行こう。いいこと思いついたんだ」ジークは記念館《きねんかん》へと走った。ジェンとカレンもぴたりとうしろからついていく。「〝クリスマスがすぎると、そこに残《のこ》るはわたしの記憶《きおく》〟。あたってるかわからないけど、試《ため》して損《そん》はないはず」ジークは銀縁《ぎんぶち》の額《がく》に入ったキャサリン・マーカムの写真を慎重《しんちょう》に壁《かべ》からおろして、裏返《うらがえ》した。写真の裏は、シートで保護《ほご》されていた。そのシートをていねいに取りのぞくと、写真の裏に二行の文字が書かれていた。得意《とくい》げな顔で、ジークはその文章を二人に見せた。

一行目は次のように書かれていた。〝キャサリン　一九〇一年クリスマス〟。次の行は別《べっ》の筆《ひっ》跡《せき》だ。〝灯台《とうだい》が闇《やみ》につつまれるとき、目印《めじるし》となるのは遠くはなれた岸辺《きしべ》〟

「新しい手がかりね！」カレンが声をはりあげた。「これは明らかにキャサリンの字よ」

ジークは保護《ほご》シートをもとにもどし、写真を壁《かべ》にかけなおした。「これまでわかったことをまとめてみよう。手がかりを全部見なおして、抜《ぬ》けているものがないか、たしかめなきゃ」

「最初《さいしょ》の手がかりも？　その次が見つかっているのに、なにか意味があるの？」とジェン。

「なにか別のことも書いてあったのに、ぼくたちが見落としているかもしれないじゃないか」

「裏《うら》になにか書いてあったとか」カレンも賛成《さんせい》した。

二人とも期待しすぎだ、とジェンは思った。メモは何度もたしかめたんだから。でもここで二人と議論《ぎろん》してもむだだ。二人につづいて階段《かいだん》をのぼり、メモをかくした〈ひまわり広場〉へ行った。

カレンが部屋《へや》のドアを開け、息をのんだ。「なによこれ！」

ジークがのぞくと、部屋はめちゃくちゃだった。ベッドはぐちゃぐちゃで、洋服が散乱《さんらん》している。ドレッサーの引き出しはすべて開いたまま。こわされたり、傷《きず》つけられたりしたものはなさそうだが、これではそう簡単《かんたん》には片《かた》づけられそうにない。明らかにだれかがなにかをさがしていたのだ――おそらくキャサリンの日記を。ミルズさんが日記と宝《たから》のことを同時に話したので、日記が見つかれば宝も見つかると考えた人がいるにちがいない。幸《さいわ》いカレンは日記を家に置《お》いてきていた。

「まさかおかあさんがやったんじゃないよね?」念《ねん》のためジークがきいた。

カレンはあきれたような顔でジークを見た。「まさか。このありさまにもまだ気づいていないはずよ。気づいていたら今ごろ大さわぎになってるもの。急いで片づけなきゃ。じゃないとわたしたちがなにかをたくらんでるって、ばれちゃうわ。そうしたらすべてを説明《せつめい》しなくちゃならなくなる」

「それならおかあさんがもどってくるまえに片づけよう」とジーク。

力を合わせていっしょうけんめい片づけたので、数分後には散乱《さんらん》していたものがすべて、あるべきところにもどされていた。ようやく片づけを終えると、ジェンとジークはベッドの端《はし》に腰《こし》かけた。カレンはかくしたメモを取りだそうと、ドレッサーの下をのぞきこんだ。そのためにこの部屋《へや》まであがってきたのだ。床《ゆか》に頭をつけて横を向くと、ドレッサーの下をじっと見つめた。

「ない！」

「なんだって？」ジークも声をあげ、床《ゆか》にはいつくばった。たしかにメモはどこにもない。侵入《しんにゅう》者《しゃ》は日記のかわりに、手がかりとなるメモを手に入れたのだ。メモのほうが日記よりもはるかに重要《じゅうよう》だ。

ジークははね起きた。「二番めもあぶない！」すぐに記《き》念館《ねんかん》へ向かう。すぐうしろにジェンとカレンがつづいた。

三人は記念館へとかけこみ、ほんの数分まえにはクリスマスの写真が飾《かざ》られていた場所のまえで足を止めた。写真はなくなっていた！

第十章　助けて！

「わたしたちの目のまえから手がかりを盗《ぬす》んでいく人がいる！」カレンの声はかすれている。「わたしたちの動きもすべて監視《かんし》されているってことね」ジェンが警戒《けいかい》しながら見まわす。「そのだれかさんは、わたしたちのすぐあとに手がかりの謎《なぞ》を解《と》いている。今ごろはもう抜《ぬ》かされているかも。宝《たから》を持っていかれちゃうわ」

ビーおばさんがドアから顔を出した。「お昼のしたくをするわよ」

ジークは壁《かべ》にぽかっとあいた空間を指さした。「古い写真がひとつ、なくなってるよ」

ビーおばさんはまゆをひそめた。「おかしいわね」でも次の瞬間《しゅんかん》には、パッと明るい顔になった。「今に出てくるわよ。ここには泥棒《どろぼう》なんていないから」

ジークはまゆ毛をあげて、あとの二人を見た。ビーおばさんにすべてを話すわけにはいかない。かかわるなと言われるだけだ。でも宿泊客《しゅくはくきゃく》のだれかが盗《ぬす》んだのはたしかだ。その人を止めないと、宝《たから》も取られてしまう。

ジェンはビーおばさんに近づくと、ほおについていた真っ赤な絵の具をふきとってあげた。

「そうね、きっと出てくるよね」おばさんに合わせるように言った。「あ〜、おなかすいた。お昼にしよう！」

サンドウィッチ・バイキング用に食材《しょくざい》をならべているあいだも、ビーおばさんはキャサリン・マーカムの写真についてはなにも言わなかった。カレンも手伝《てつだ》ってくれた。お客さんなんだから必要《ひつよう》ないとジェンもジークも言ったのに、「なにかしていないといろんなことを考えちゃうから」と言うのだ。

ちょうど食べはじめようとしたとき、ウィルソン刑事《けいじ》が車で乗りつけ、ホテルに入ってきた。

「なんていいタイミング」ウィルソン刑事はふざけて言った。

ジェンもジークも思わず笑《え》みがこぼれた。ウィルソン刑事はいつだって見事なタイミングであらわれて、ビーおばさんの料理《りょうり》を食べていく。停電中《ていでんちゅう》でも、おばさんならおいしい食事が作れると知っているのだ。

ウィルソン刑事《けいじ》はビーおばさんのことが好《す》きなのだと、ジェンは思っている。刑事はこのホテルに立ちよっては、修理《しゅうり》などをしてくれる。作業後《さぎょうご》におばさんがお礼として出す、焼《や》きたてのマフィンやブルーベリーパイが楽しみなのだ。


宿泊客《しゅくはくきゃく》たちはハム、チキン、ローストビーフなど、たっぷり具材《ぐざい》をはさんだサンドウィッチを作り、席《せき》についた。そこでビーおばさんがみんなに向かって話しはじめた。まずはウィルソン刑事を紹介《しょうかい》し、顔や手を洗《あら》えるように、食事が終わったら各部屋《かくへや》の洗面台《せんめんだい》に水をためおきしてくれると伝《つた》えた。

ジェンは思わず体がふるえてしまった。氷のように冷《つめ》たい水で顔を洗うなんて、あまり楽しいことではない。それなら電気がもどるのを待ったほうがいい。復旧《ふっきゅう》まで二日以上《いじょう》かかることはまずないんだから。

「さっきわかったことなのですが」ビーおばさんは話をつづけた。「記念館《きねんかん》の写真が一枚《まい》、見あたりません。このホテルに住むいたずら好《ず》きの幽霊《ゆうれい》ちゃんが、ふざけてどこかに持ちだしたのだと思いますが、もし見つけられましたら、元の位置《いち》にもどしておいていただけますか」

食事が終わると、ビーおばさんがスナイダー博士《はかせ》とジャスパーに町を案内《あんない》することになった。びしょぬれ半日ツアーというわけだ。

「わたしはここに残《のこ》って編《あ》み物《もの》でもしているわ」博士の誘《さそ》いを奥《おく》さんはことわった。

「おかあさんはどうするの？」カレンがきいている。

ミルズさんは手足をのばしてあくびをした。「そうね。わたしは昼寝《ひるね》でもしようかしら。昼寝にはうってつけの天気じゃない」

みんなが食堂《しょくどう》をあとにすると、ジェンとジークはテーブルの上を片《かた》づけ、食器《しょっき》を洗《あら》いにかかった。

「ちょっと探検《たんけん》してくるわ」手伝《てつだ》うことはないと二人に説得《せっとく》され、カレンは言った。「終わったら来てね」

ジークはうなずいた。「懐中電灯《かいちゅうでんとう》を忘《わす》れずに」うしろから呼《よ》びかけた。今以上《いじょう》に家の中が暗くなったら、必要《ひつよう》になるだろう。

カレンは懐中電灯《かいちゅうでんとう》を手に取って、スイッチを入れた。そしてロビーへと向かった。

ジェンとジークは急いで台所仕事を終わらせた。そのあとに客室のそうじもしなくてはならない。でも台所が早く終われば、あいた時間で宝《たから》さがしができるだろう。

お皿を洗《あら》いおえると、ウィルソン刑事《けいじ》が空《から》のバケツを持ちあげた。「みんなの洗面台《せんめんだい》に水をためてくるよ」

「レインコートを着て、井戸《いど》から水を運ぶのを手伝《てつだ》おうか」ジークがきいた。

ウィルソン刑事は首を横にふった。「いや、ひとりでだいじょうぶさ」

「でも――」ジークが口をはさもうとした。

ウィルソン刑事はウィンクしながら言った。「たくさん働《はたら》けば、その分、たくさんもらえるだろう」

「パイのひと切れが大きくなるってことね」ジェンが笑《わら》った。

「よくわかってるじゃないか」ウィルソン刑事もくすくす笑った。そして空のバケツを持って外へ出ていった。

一方の双子《ふたご》たちは、刑事の気が変《か》わらないうちに、急いでその場をはなれた。

「カレンをさがさなきゃ」ロビーに入りながらジークが言った。「新しい手がかりを見つけているかもしれないよ」

ジェンも同じことを考えていた。そこで二人は一階をくまなくさがした。

一階のどこにもカレンの姿《すがた》がなかったので、正面の階段《かいだん》をのぼって二階へ向かった。ジークがむずかしい顔をした。「なんかいやな予感がする」

「トンネルに行ったのかしら?」とジェン。

「そうかもしれないけど」ジークが答えた。「ぼくたちを置《お》いていくとは思えないな。今はぼくたちも仲間《なかま》なんだから」

二階にあがると、小さな声でカレンの名を呼《よ》んだ。

ジークが足を止めた。「今の聞こえた?」

「カレン?」ジェンがもう一度呼んだ。

トントンというにぶい音が、角を曲がったあたりから聞こえてくる。そちらへこっそりと近づいてみた。廊下《ろうか》をちらっとのぞいたが、なにもない。

「カレン?」ジェンがもう一度呼んでみる。

ドンドンと音が大きくなった。

「廊下《ろうか》のふとん部屋《べや》からだ」ジークが閉《し》まっているドアを指さして言った。

「助けて！」その部屋から聞こえてくるくぐもった声は、まさしくカレンのものだった。

第十一章　謎《なぞ》としかけが盛《も》りだくさん

ジェンはドアにかけよると、鍵穴《かぎあな》にささったままになっている古い鍵をまわして開けた。

カレンがふとん部屋《べや》からころがりでてきた。「二度と出られないかと思った」顔からは血の気《け》が引いて、ふとん部屋にある予備《よび》のシーツと同じくらい真っ白だ。

「どうしたの？」

「わたしもわからないの。きょろきょろしていたらうしろでドアが開く音が聞こえたの。でもふりむく間もなく、だれかがわたしをふとん部屋に押《お》しこんで、鍵をかけたのよ！　シーツのあいだにぎゅっと押しこまれて、息ができなくなりそうだった」

「中にはどのくらいいたの？」ジェンがたずねた。

「わからないけど、たぶん、ほんの数分よ。だれかと廊下《ろうか》ですれちがわなかった？」

ジェンは首を横にふった。

ジークは懐中電灯《かいちゅうでんとう》で腕《うで》時計を照《て》らした。「そうじを始めなきゃ。もうすぐビーおばさんが帰ってくるから、それまでに終わらせておこう」

「今度はいっしょに行かせてね」とカレン。「閉《と》じこめられるのは二度とごめんだわ。窒息《ちっそく》するところだったんだから」

ジェンとジークは台所へそうじ道具を取りにいくと、まずは一階のスナイダー夫妻《ふさい》が使う〈スミレのすみか〉に向かった。博士《はかせ》は町に出かけているし、奥《おく》さんは居間《いま》で編《あ》み物《もの》中のはずだ。

「うわっ！」ジェンが声をあげた。「見て、このくつ下。気持ち悪い。ジークのもかなりきたないけどね」

「うるさいなあ」とジーク。ジークはくつを脱《ぬ》いだあとも、足が冷《ひ》えないよう、くつ下をはいたままですごすのが好《す》きなのだ。だからくつ下の汚《よご》れがひどくなる。でもここにある博士のくつ下は、まるでそのままで外を歩きまわったような汚れかただ。

「ほうきで端《はし》に寄《よ》せておくね」ジェンはいやな顔をしながら言った。「ぜったいにさわりたくないから」

このくつ下をのぞくと、スナイダー夫妻《ふさい》の部屋《へや》は比較的《ひかくてき》きれいだった。博士《はかせ》はドレッサーとベッドわきの小さなテーブルの上に本をきちんと三列に積《つ》みあげていて、部屋の中に乱雑《らんざつ》に置《お》いたりはしていなかった。

「これを見て」ジークがとつぜん声をあげた。いちばん高い山の中の一冊《さつ》を指さしている。

ジェンはほうきを持ったまま近づき、頭を横にしてタイトルを読んだ。「『村人が語る小さな町』だって。これって、わたしたちが図書館で見た本じゃない！」

ジークは本の背《せ》をじっくり調べた。「同じ本だけど、図書館にあったものとはちがう。博士のものなんだろう。図書館のラベルもついていないし」

「そうよね、メイン州《しゅう》についての本を書いているんだもん」カレンも納得《なっとく》した。「ほかの本も全部、メイン州の小さな村についてだわ」

ジェンはまたそうじにもどった。ほうきの先がベッドの下にあるなにかにあたった。ジェンはゆっくりとほうきを動かし、ベッドの下からそのなにかをひっぱりだした。薄暗《うすぐら》くて、はっきり見えない。ひざをついてもう一度見た。

「ねえ、二人とも！」ジェンは声をはりあげ、額《がく》に入った写真を持ちあげた。「キャサリン・マーカムよ！」

「どうしてここに？」ジークが強い口調《くちょう》できいた。

「さあ。スナイダー夫妻《ふさい》が持ちこんだとしか思えないけど」片手《かたて》に写真を、もう一方の手にほうきを持ったまま、ジェンが答えた。

「あの人たちにきいてみないことには、真犯人《しんはんにん》がだれなのかわからない」とジーク。

「でもそんなことをしたら、わたしたちがなにかたくらんでるって、ばれちゃう」カレンはあわてた声を出した。「それにママに告《つ》げ口《ぐち》されちゃうかもしれないし」

ジェンはうなずいてみせた。「このことはだれにも知られないようにしないと。写真はこのままにして、様子を見ようよ」

ほかによい案《あん》も思いつかなかったので、ほかの二人はジェンにしたがった。写真はベッドの下に元どおりすべりこませておいた。

次に三人は二階の〈ひまわり広場〉に向かった。やさしくドアをノックしてみた。もしミルズさんが寝《ね》ているなら、起こしたくない。返事がなかったので、カレンが音を立てないように、ドアを開けて中をのぞいだ。

「いないわ！」カレンが叫《さけ》んだ。ドアをさらに少し開けた。

「眠《ねむ》れなかったのかもしれない」とジェン。

カレンは肩《かた》をすくめた。「そうかもね。でも知らないだれかさんがさっきちらかしてくれたおかげで、部屋《へや》は片《かた》づいているわ」

「そうは言っても」ジェンはバケツとスポンジを手にバスルームへと向かう。「そうじはしておかなくちゃ。すぐ終わるから」

〈ひまわり広場〉が終わると、三人は廊下《ろうか》を〈バラのバンガロー〉へ向かった。エスターの部屋のドアをノックすると、中から「ちょっと待ってね」という声が聞こえた。ようやくドアを開けてくれたときには、ターバンのように頭にタオルを巻《ま》いていた。「髪《かみ》の毛を洗《あら》っていたのよ」

「あの冷《つめ》た〜い水で？」ジェンがきいた。

「そうよ」とエスター。「冷たくて頭が痛《いた》くなっちゃった。でもこれでさっぱりしたわ」

頭にあのおそろしく冷たい水が、と想像《そうぞう》しただけで、ジェンはふるえてしまった。頭が凍《こお》るよ

うな思いをするのなら、汚《よご》れたままでもう一日がまんしたほうがいい。

「ここで暮《く》らすの、楽しいでしょう」エスターが明るく言った。

「かなり楽しいですよ」ジークが返事をする。

「宝《たから》が眠《ねむ》っているんですものね」

ジェンとジークは顔を見あわせた。

「そうですね」とジェン。「でもほんとうにあるのかどうか、わからないでしょう。たんなるうわさかもしれないし」

「でももしほんとうだったら？」エスターはつづけた。「まさにほんものの宝さがしじゃない。謎《なぞ》としかけが盛《も》りだくさんね！」

〈バラのバンガロー〉にいたあいだじゅう、エスターはしゃべりつづけ、ホテルでの生活について二人を質問《しつもん》ぜめにした。でもときおり、どこかに眠る宝のこともきいてくるのだ。

しばらくするとジェンは口を閉《と》ざし、答えるのはジークにまかせることにした。トンネルのことや、これまでに見つけた手がかりについて、うっかり口をすべらせてしまいそうだったからだ。

そうじが終わって部屋《へや》をあとにするときには、思わずため息が出た。「エスターさんって、ほんとしつこいんだから」聞こえないようにジェンがつぶやいた。

「それだけじゃないよ」緊張《きんちょう》した様子でジークが言った。「ドレッサーの上に小さなテープレコーダーがあったの、気づいた？」

ジェンもカレンも首をふった。

「時計のうしろにかくしてあった。しかもずっとスイッチが入ったままだった。ぼくたちの会話を録音《ろくおん》していたんだ！」

どうして自分たちの会話を録音していたんだろうと考えながら、三人はジャスパーの部屋《へや》へと向かった。ジャスパーはまだ町にいるはず。早く宝《たから》さがしにもどりたい一心で、すばやくそうじを終わらせることにした。

カレンがドレッサーの引き出しを閉《し》めようとした。「あれ、なにかひっかかってる」

ジークも押《お》してみた。「おかしいな。なにかつまってるんだよ」

ジークは引き出しを思いきり手前に引いた。ジェンとカレンが見守っている。

「見て！」引き出しの中にあるなにかに目をとめ、ジェンが声をはりあげた。「本が押しこまれて、曲がっちゃってる。その本を見て！」

三人はおどろきのあまり、その本から目がはなせなくなった。今朝《けさ》、図書館で見た本だった。同じタイトルというだけではない。自分たちが見た本そのものなのだ。ミスティック図書館のラベルが光っているように見える。

「わたしたちを尾行《びこう》していたのはジャスパーさんだったのね」ジェンがささやくように言った。

「宝《たから》をねらってるんだ」

カレンがジェンの腕《うで》をつかんだ。「わたしをふとん部屋《べや》に閉《と》じこめたのも、ジャスパーさん？」

「それはありえないよ」とジーク。「だって、ビーおばさんやスナイダー博士《はかせ》といっしょに町へ出かけたじゃないか」

「ということは、宝をねらっているのはひとりじゃないの？」カレンがきいた。

「カレンのおかあさんの話はみんなが聞いていたからね」とジェン。「きっと全員がねらってるのよ」

三人は一階の居間《いま》へ行って、そうじを終わらせ、道具を片《かた》づけにいった。スナイダーさんとエスターが話をしている。

ジークはジェンをひじでつつき、声をひそめて言った。「エスターさんを見て。おかしいと思わない？」

ジェンは目をこらした。「髪《かみ》の毛がかわいてる！　洗《あら》ったばかりなのに、どうして？　停電《ていでん》しているからドライヤーも使えないはずだし」

「そのとおり」

とつぜんスナイダーさんのくしゃみとせきが始まった。ジークは耳をそばだてた。なにかが聞こえた気がした。でも聞こえるのは、スナイダーさんが鼻をかむ音だけ。ところが、鼻をかむ合《あい》間《ま》にひと息ついたそのとき、むせび泣《な》きのような、不気味《ぶきみ》な声が部屋《へや》じゅうにひびきわたった。

第十二章　闇《やみ》の中

その薄気味《うすきみ》悪い音を聞いて、ジェンの全身に寒気《さむけ》が走った。

エスターの顔からとつぜん血の気《け》が引いた。「幽霊《ゆうれい》よ！」と叫《さけ》んだ。

スナイダーさんは不安そうにしている。なにか言おうとしたものの、またくしゃみがとまらなくなった。ティッシュを出そうと手さげの中をさぐりながら、主人はもう町からもどったのかしら、とつぶやいた。

「行こう」そう言うとジークは居間《いま》を出た。人に聞かれないところまで来ると、二人に向かって言った。「あれは幽霊なんかじゃない。トンネルから聞こえてくる音だ」

三人は納戸《なんど》へと急いだ。秘密《ひみつ》の扉《とびら》はわずかに開いていた。あのむせび泣《な》くような不気味《ぶきみ》な音は、この細いすきまを風が通りぬける音だったのだ。ジークが扉を大きく開くと、音は止まった。

ジェンは懐中電灯《かいちゅうでんとう》をつかみ、階段《かいだん》をおりはじめた。「下にだれかいる。行こう！」

「ちょっと待てよ」ジークが呼《よ》びかけてもジェンは止まらない。この謎《なぞ》を解《と》くためには、ほかにだれがこのトンネルのことを知っているのか、突《つ》き止めるしかない。それには今、その本人をつかまえなくては。

ジェンは懐中電灯のスイッチを入れると、あわてて階段をおりていった。先に入ったそのだれかのものらしき足あとをたどる。ジークもカレンも急いで追いかけるが、サッカーチームで何年も鍛《きた》えているジェンの足は速い。階段をおりきったところで足を止め、息をひそめ、耳をそばだてた。追いついたジークとカレンに、「見失《みうしな》っちゃった」と残念《ざんねん》そうに言った。

ジークは薄暗《うすぐら》い光の中であたりを見まわした。「ねえ、あれはなに？」と指さす。右の方向に小さなくぼみがある。ジェンが気づかなかった場所だ。光が足りないので、なにか動物がうずくまっているように見える。

三人は少しずつ近づいてみた。ジェンがつま先でこづいてみたが、なにかが襲《おそ》いかかってきたり、足を食《く》いちぎられたりすることはなかった。そこでジェンはかがみこんだ。「ただの汚《よご》れた服じゃない」ようやく声が出る。「それに長ぐつが一足」

「なんでこんなところに？」

「宝《たから》をねらっている人が、ふだんの服やくつを汚さないためでしょ。きれいな服を着て、きれいなくつをはいていれば、だれにもあやしまれないからね」

「でも、長ぐつにはきかえるときに、足が汚れるでしょ」カレンが言った。「だとしたら――」

左上へと向かうトンネルの先で、板がきしむような音が聞こえた。

ジェンがそちらを指した。「あっちに行ったのね」小声で言った。「あのトンネルはどこにつづいているの？」カレンにたずねる。

「客室にある別《べつ》の秘密《ひみつ》の扉《とびら》につながっているの」

三人は音を立てないように階段《かいだん》をのぼり、それから長いトンネルをくだっていった。最後《さいご》に鋭《えい》角《かく》に曲がったかと思うと、また階段があった。てっぺんまでのぼってみたものの、そのときにはもはやだれもいなかった。相手は秘密の扉を通って、今週空き室になっている〈スイセン・スイート〉へと抜《ぬ》けでたあとだったのだ。

「考えられるのはただひとり」息をととのえてからジークが言った。「ミルズさんだな」そして申《もう》し訳《わけ》なさそうにカレンを見た。

「おかあさんのはずはないわ」すぐさまカレンが反論《はんろん》した。「宝《たから》になんてまるで興味《きょうみ》がないし、そもそも全部作り話だと思っているんだから」

「部屋《へや》にいるかどうかだけでも、たしかめてみようよ」ジークが提案《ていあん》した。

三人で〈ひまわり広場〉まで行くと、軽くノックをした。返事がない。あきらめて引きかえそうとしたところで、ドアが開いた。

「あら、こんにちは」とミルズさん。「音がしたような気がしたの。ノックした？」

「したわ」すぐにカレンが答えた。「さっきからさがしてたの。おかあさん、どこにいたの？」

ミルズさんは文庫本を見せた。「居間《いま》からこれを借《か》りてきたのよ」

「下では会いませんでしたね」とジーク。

「入れちがいになったのね」ミルズさんは部屋の中にもどり、ベッドに腰《こし》かけた。「眠気《ねむけ》がさめちゃったので本を読むことにしたのよ。なにか用事でもあったの？」

下から男性《だんせい》の声が聞こえた。ビーおばさん、ジャスパー、スナイダー博士《はかせ》が帰ってきたのだ。

ジェンがカレンの方を向いた。「あとでね。様子をさぐってみて」小声で言う。

カレンはうなずき、ドアを閉《し》めた。

一階へとおりる途中《とちゅう》で、ジェンがジークを引き止めた。「ねえ、気づいた？」

ジークはだまってうなずいた。「気づかないはずないだろ。ミルズさんのくつ、泥《どろ》だらけだったね。ぼくたちと同じさ。トンネルの中にいたんだよ、きっと」

「それだけじゃないわ」ジェンがつないだ。「カーディガンのボタンがひとつなかった。ピカピカ光る丸いボタン。トンネルで見つけたのと同じものよ！」

二人はふたたび階段《かいだん》をおりはじめた。「ということは、ミルズさんはまちがいなく宝《たから》をねらってるんだ。でもカレンは知ってるのかな」

「どうなんだろう。でもミルズさんからは目をはなさないほうがいいわね。カレンはいい子だし、おかあさんのことをうそつきだなんて非難《ひなん》して、傷《きず》つけたくないもの」

夕食のころには嵐《あらし》もおさまりかけてきた。ホテル内はまだ電気が復旧《ふっきゅう》していないけれど、ビーおばさんはあと数時間のがまんだと思っている。宿泊客《しゅくはくきゃく》もほっとしていた。

「ろうそくの光で食べるのもよかったけどね」エスターはうれしそうに言った。

「わたしは電気があったほうがいい」ジャスパーは不満《ふまん》そうに主張《しゅちょう》した。とはいえ、渋《しぶ》い顔は長つづきせず、思わず笑《え》みがこぼれた。

「いいことでもあったのですか?」スナイダー博士《はかせ》がたずねた。

「まだ内緒《ないしょ》なんですがね、次の生放送の企画《きかく》が通ったんです」

「どんな企画ですか?」ジェンがきいた。

「言えないな」ジャスパーはウィンクした。「秘密《ひみつ》なんでね」

ジェンは胃《い》がきゅっとしめつけられるような気がした。その企画って、まさかここに眠《ねむ》る宝《たから》についてじゃないでしょうね。ジークを、そしてカレンを見た。二人も明らかに同じことを考えている。

三人は急いで食堂《しょくどう》を出た。ビーおばさんには、お皿はあとで洗《あら》うと約束《やくそく》した。そして人に聞かれないようにと、ロビーへ向かった。

「ジャスパーさんは宝をねらってる。まちがいないわ」カレンが泣《な》き声を出した。「めちゃくちゃにされちゃう。キャサリン・マーカムは、宝のことをテレビで放映《ほうえい》されるなんて、望《のぞ》んでいないわ」

「それならやるべきことはひとつ」カレンと同じ意見のジェンが言った。「わたしたちが先に宝《たから》を見つけるのよ」

「でも、最後《さいご》の手がかりの意味がまだ解明《かいめい》できてないよ」とジーク。

「そんな時間はないわ」ジェンが強い口調《くちょう》で言った。「宝がかくされているとすれば、きっとトンネルの中よ。とにかく見つけるまでさがしまわるしかないわ。みんなが寝静《ねしず》まったら、すぐ行動開始よ」

まちがいなく全員眠《ねむ》ったと確信《かくしん》できたのは、十一時をまわってからだった。双子《ふたご》がカレンと居間《いま》で合流したとき、時計は十一時十五分を指していた。

「準備《じゅんび》はいい?」ジークが声をひそめてきいた。

「懐中電灯《かいちゅうでんとう》は?」ジェンがジークにたずねる。トンネルの中はいつだって真っ暗だけど、夜中だとなぜかいつも以上《いじょう》に薄気味《うすきみ》悪い。

「見つからなかったんだ」

「わたしも」

「わたしたちが宝《たから》さがしをするのをじゃましている人がいるってことね！」

「ランプを使うしかないわ」ジェンがロビーのカウンターに置《お》いてあったランプを持った。注意しながら火をつける。静《しず》まりかえったホテルの中を、居間《いま》にある秘密《ひみつ》の扉《とびら》へ向かう途中《とちゅう》、ランプの明かりがゆらゆらとゆれた。

大きく深呼吸《しんこきゅう》をして、ジェンが言った。「わたしが先に行くわね。光を持っているから」だれも反対しなかった。

三十段《だん》をおりるだけなのに、いつまでもかかるように思えた。ようやくごつごつとしたトンネルの底《そこ》にたどりついた。三人は身を寄《よ》せあったが、ランプのほのかな明かりはさほど遠くまではとどかない。

「なにか見つかった？」カレンが小声できいた。

「洋服がない」ジェンもささやいた。

三人は壁《かべ》にある浅《あさ》いくぼみをのぞいてみた。洋服と長ぐつが重ねてあったところだ。今、その空間にはなにもない。

「なんの手がかりも残《のこ》されてない」ジークは不満《ふまん》そうだ。「さっき言ってた、貯蔵室《ちょぞうしつ》ってとこに行ってみようよ。なにか見落としているものがあるかもしれない」

三人がぎゅっとかたまって歩きにくかったが、それでもどんどんトンネルの奥《おく》へと進んだ。三叉路《さんさろ》では左側《ひだりがわ》の通路を選《えら》んだ。ゆるやかな下り坂となり、まもなく岩をくりぬいた部屋《へや》に出た。居間《いま》くらいの広さはありそうだ。カレンの言ったとおり、古い空《から》っぽの棚《たな》が壁《かべ》ぎわにならんでいた。

ジェンがなにかを言いかけたが、ジークが制止《せいし》した。静《しず》まりかえった中で、なにかをこするような、奇妙《きみょう》な音が聞こえた。

ジェンは耳が痛《いた》くなるのではないかと思うほど、必死《ひっし》で聞きとろうとしたが、もうその音は聞こえなかった。

ジークは静かにトンネルにもどるよう、二人に合図した。ランプを持っているんだから先頭を行かなくちゃ、とジェンはわかっていた。おそろしくて、足がまえに出ない。一歩一歩がひどくしんどい。どこかにかくれていたい。真夜中にこんなところに来るなんて、ばかなことをしちゃったかも。そんなことを思いながら、一歩ずつまえに進んだ。

とつぜん風が吹《ふ》いて、ランプの明かりがゆらいだ。ジェンはあわてて、手で風をさえぎろうとした。遅《おそ》かった！　明かりが消え、三人は闇《やみ》の中に取り残《のこ》された。

第十三章　鍵《かぎ》

カレンはきゃっと小さな叫《さけ》び声をあげたが、それは人間が発した声というよりも、さびついたちょうつがいがきしむ音のようだった。

だれかに腕《うで》をつかまれて、ジェンは思わず明かりの消えたランプを落としそうになった。

「シーッ」ジークが制《せい》した。

ジェンはくちびるをかんで、声をおさえた。どうしたらいいのかまったくわからない。出口はどっちだろう？　そのとき、あのこすれるような音がまた聞こえた。こするというより、なにかを引きずっている？

ジークは、横にいるカレンが体を緊張《きんちょう》させているのがわかった。するととつぜん、カレンがくしゃみをしはじめ、止まらなくなってしまった。ほこりのせいだ！

あの不気味《ぶきみ》な音も止まった。するとなにか大きなものが、三人を押《お》したおすようにして通りすぎていった。三人はまるでボウリングのピンのようにせまいトンネルの中にはねとばされた。その謎《なぞ》の人物は、薄暗《うすぐら》い懐中電灯《かいちゅうでんとう》を持っていた。汚《よご》れた洋服と頑丈《がんじょう》そうな長ぐつが、ちらりとジェンに見えた。

「ちょっと！」ジークが叫《さけ》んだが、相手のさほど大きくない足音はやまなかった。数秒後には、足音すら聞こえなくなった。また静寂《せいじゃく》と闇《やみ》につつまれた。

「みんなだいじょうぶ？」ささやくようにジークがきいた。侵入者《しんにゅうしゃ》がまだトンネル内をうろついているかもしれない。

「わたしはだいじょうぶ」とジェン。声が少しふるえている。

「わたしも」カレンの声は左のほうから聞こえた。「今のはだれ？」

ジェンが答えた。「今の男には――」

「女かも」ジークが割《わ》りこんだ。

「とにかく今の人には、ちゃんと説明《せつめい》してもらうからね。わたし、壁《かべ》にぶつかって頭が割《わ》れるところだったのよ」

「ランプがこわれる音は聞こえなかったけど」

暗闇《くらやみ》の中でジェンはにやりとした。「頭はケガをしても、ランプは守るわ」

「さっさとここから出ようよ」とカレン。

「こっちだ」ジークが言った。「侵入者《しんにゅうしゃ》はこっちに向かった。きっと出口につながっているはずだ」

真っ暗闇の中、ジェンは片手《かたて》でジークのシャツの端《はし》をつかんだ。そのうしろのカレンも同じようにジェンのシャツをつかんだ。まるで電車ごっこのように、三人はゆっくりと通路を進んだ。ようやくカーブを曲がりきると、階段《かいだん》があり、その一段目でジークはつまずきそうになった。もうじきトンネルを抜《ぬ》けだせるとわかっていても、階段をのぼりきるまでは、心臓《しんぞう》のドキドキを止めることができなかった。

ほっとして大きく深呼吸《しんこきゅう》すると、三人は通路から出て、秘密《ひみつ》の扉《とびら》をバタンと閉《し》めた。満月《まんげつ》の光がすじとなって居間《いま》にさしこんでいたので、あたりはだいたい見えた。真っ暗なトンネルから出たあとなので、ジェンにはそのすじがまるでスポットライトのように思えた。

「ぼくの部屋《へや》で話そうよ」ジークがささやいた。

停電《ていでん》のつづく灯台《とうだい》の中を三人は物音を立てないように進み、らせん階段《かいだん》をのぼってジークの部屋へと向かった。

「いい部屋ね」月明かりのもと、カレンが部屋を見わたしている。そして窓《まど》に近づくと言った。

「すごい！　いいながめじゃない！」

ジェンとジークもそのうしろに立って外をながめた。「てっぺんの展望台《てんぼうだい》から見ると、もっといい景色《けしき》だよ」とジーク。「でも灯台の明かりが強すぎて、夜になるとあまり見えなくなるんだ。昼間の景色は最高《さいこう》だよ」

「今なら見えるんじゃないかしら」とジェン。「停電中だから灯台の明かりもつかない」

ジークが指をパチンと鳴らした。「それだよ！」

「なにが？」カレンが窓ぎわでふりむいた。

ジークはなにも答えない。ただひと言だけ発した。「行こう！」

ジークは展望台へとつづく階段を猛《もう》ダッシュでかけあがった。急ぐ足音が金属製《きんぞくせい》のらせん階段にひびいて、吹《ふ》き抜《ぬ》けの下まで聞こえていた。三人はドアをいきおいよく開けると、展望台《てんぼうだい》に出た。

息をのむほど美しい景色《けしき》だった。嵐雲《あらしぐも》のすきまから月が顔を出し、その光がまるで水銀のように大西洋上できらめいていた。嵐はすぎ去ろうとしていたが、波はまだ高く、はるか下の岩には波がぶつかっては砕《くだ》けた。しばらくのあいだ、だれもなにもしゃべらなかった。

ようやくジークが口を開いた。「それで、なにが見える？」

「海」自信《じしん》なさそうにカレンが答える。「でもだからなに？」

ジークはいらいらしながら、さらにきいた。「ほかには？」

「下の岩。家の屋根」とジェン。

「入り江」カレンがつけくわえる。「雲」

ジェンはカレンの腕《うで》に手を置《お》いて、さえぎった。そしてこの夜の光景《こうけい》にじっと目をこらした。たしかに入り江が見える。その先にかろうじて見えるのが――

「遠くはなれた岸辺《きしべ》！」ジェンが叫《さけ》んだ。

「そのとおり！」ジークも叫んだ。

「灯台《とうだい》が暗闇《くらやみ》につつまれるとき」カレンが暗唱《あんしょう》する。

「目印《めじるし》となるのは遠くはなれた岸辺《きしべ》」

「あの手がかりは」とジェン。「ここのことだったんだ！」

「キャサリン・マーカムはここに手がかりをかくしたんだ。灯台がついていないときにしか発見できない場所にね」とジーク。「灯台の明かりがついているときは、まぶしくて遠くの岸辺は見えない」

「でも昔は電気なんてなかったでしょう」カレンは混乱《こんらん》しているようだ。「スナイダー博士《はかせ》によると、灯台守《とうだいもり》は明かりが消えないように、ひと晩《ばん》に二回もランプの油を補充《ほじゅう》してたんだって。真っ暗になるはずがないんじゃない？」

「病気になったりしたら」とジェン。「そしたら灯台も暗くなったかもしれない」

「灯台の、遠くの岸辺に面している壁《かべ》を調べてみよう」ジークはそう言うとさっそくひざまずいて、展望台《てんぼうだい》の石壁を念入《ねんい》りに調べはじめた。三人ともなにも言わずさがしつづけた。

ジェンは身を乗りだして、展望台の下の外壁を調べた。はるか下の岩場からの高さは考えないようにした。心臓《しんぞう》がとびだしそうだ。もうあきらめようとしたそのとき、なにか光るものが目に入った。ところがもう一度見ると、その光はなくなっていた。思いちがいかとその場をはなれようとしたとき、うっすらとした雲の合間《あいま》から月が顔を出した。月がすべてを明るく照《て》らしてくれたので、夜が一転、昼になったようだった。

ジェンはもう一度、展望台《てんぼうだい》の端《はし》から壁《かべ》を見おろした。やっぱりなにかある！　石のブロックのあいだになにか光るものが見える。まるで月の光をあびて、青くかがやいているようだ。ぎりぎり手がとどくところだ。ひっぱってみた。すると、ぽろりとはずれ、ジェンの手の中に落ちた。が、次の瞬間《しゅんかん》、それは手からこぼれて、視界《しかい》から消えていった。ジェンは悲鳴をあげた。

ジークとカレンがかけよってきた。「どうしたの？」

カレンは息をのんで、端からはなれた。「わっ、こわい」

「月明かりに、なにかが光ったの。でもそれをひっぱりだしたら、手から落ちちゃった。手がかりをなくしてしまったかも！」

ジェンは展望台の端から身を乗りだして、石と石のあいだにあいた穴《あな》の中に指を入れてみた。

「ちょっと待って。なくしてないかも」誇《ほこ》らしげな声をあげた。「あった！」手になにかをにぎりしめたまま、うしろにさがった。そしてそれをカレンにわたした。

「カレンの宝《たから》なんだから、カレンが見て」

カレンはていねいにその古い紙を開いた。「油紙《あぶらがみ》だわ。ラップやパラフィン紙ができるまで、湿気《しっけ》から守るためによく使われていたものよ。でもすっかり古くなってもろくなってるね」

その紙はぼろぼろに破《やぶ》れ、中からまた折《お》りたたんだ紙が出てきた。カレンがこれもまたていねいに開いてみると、おどろいたことに中には昔ふうの鍵《かぎ》が入っていた。

「二階のふとん部屋《べや》の、古い鍵に似《に》てる」とジェン。「なんの鍵？」

カレンが首をふった。「これを聞いて」そして読みはじめた。「『わたし、ジェイコブ・マーカムは』――これはキャサリンのおとうさんよ」と説明《せつめい》をくわえる。「『これよりのち、死ぬまで灯台《とうだい》の明かりを灯《とも》しつづけることをここに誓《ちか》います』」

「それが仕事だったんでしょ？」とジェン。

「『故意《こい》に明かりを消して船を航海不能《こうかいふのう》におちいらせ、岸壁《がんぺき》に衝突《しょうとつ》させることは二度といたしません』」

三人は息をのんだ。

「『明かりを故意に内陸《ないりく》に設置《せっち》し、船を岩に乗りあげさせることは二度といたしません。金銀財《ざい》宝《ほう》を難破船《なんぱせん》から盗《ぬす》んだり、敷地内《しきちない》に漂着《ひょうちゃく》したものを集めたりすることは二度といたしません。

そしてこれまで多くの人の命を奪《うば》ったことを、今も、これからも、ずっとざんげしつづけることを誓《ちか》います』」

第十四章　見落とされた手がかり

「信《しん》じられない」ようやくジェンがささやいた。「闇《やみ》の灯台《とうだい》に棲《す》む亡霊《ぼうれい》じゃなかったのね。灯台《とうだい》守《もり》本人が灯台の明かりを消してたなんて！」

三人は下をのぞいた。はるか下の岩に船がはげしくぶつかり、座礁《ざしょう》するところを想像《そうぞう》する。事《じ》故《こ》ではなかったのだ。キャサリンの父親が、わざと船を岩に乗りあげさせていたのだ。難破船《なんぱせん》から財宝《ざいほう》を盗《ぬす》みだすために。

「なんてひどい」カレンが言った。

「キャサリンはおとうさんがやっていることに気づいて、二度としないと約束《やくそく》をさせたんだ」とジーク。「そしてもしまたやってしまったら、この宣誓書《せんせいしょ》をつきつけるつもりだったんだろう」

カレンは息をのんだ。「キャサリンはそのあと、どうなったのかしら。日記はまさにこの宣誓書が書かれた日に終わっているの」

「その鍵《かぎ》は？」ジェンがきいた。

「わからないわ」鍵を手に取り、じっくり調べながらカレンが答えた。それをジェンにわたすと手紙を裏返《うらがえ》しにしてみた。「ここにもなにか書いてある」月光があたるよう紙の向きを変《か》えた。

「ほとんど読めない。水にぬれてだめになっちゃったのかな。『盗《ぬす》んだ宝《たから》のかくし場所は……』」

「どこ？」ジェンが大きな声できいた。

「にじんで読めないの。あと読めるのは最後《さいご》のところだけ。『有意義《ゆういぎ》に使うこと』」

「ということは、宝はたしかに、どこかにかくされているんだ」とジーク。「これはそのかくし場所の鍵だよ」

「あとはその場所をさがしだすだけね」ジェンが言った。

「だれかがすでに見つけていなければね」暗い声でジークが言った。「さっきトンネルで聞こえたあの音。だれかが宝《たから》の箱を引きずっていたのかも」

「そしてその人は、わたしたちに見つかるまいと逃《に》げた」カレンはトンネル内の壁《かべ》にぶつけたひじをさすりながら言った。

「でもその人は箱の鍵《かぎ》を持っていない」期待をこめて、ジェンが言った。「それを見つけて鍵を開けるのは、わたしたちよ」

ジェンはカレンに鍵を返した。カレンはふるえている。「今夜はやめとこうよ」とカレン。

「すごく寒いし、わたしが部屋《へや》にいないことに気づいたら、おかあさんが心配するもん。明日の朝、考えましょう。宝は無事《ぶじ》よ。わたしたちが鍵を持ってるんだから」

三人は暗い階段《かいだん》を引きかえした。ジェンはランプをつけて、カレンが暗闇《くらやみ》の中でものにぶつかったりしないよう、部屋まで送っていった。そしてジークの部屋にもどってきた。この闇につつまれた灯台《とうだい》について話しあわないと、二人とも眠《ねむ》れないとわかっていたのだ。

案《あん》の定《じょう》、ジークもジェンを待っていた。ろうそくをつけ、紙を何枚《まい》か用意していた。ジェンがランプを持って入っていくと、ろうそくを吹《ふ》き消した。

「容疑者《ようぎしゃ》メモを書こう」とジーク。「ぼくたちのほかにだれが宝をねらっているのか、見つけだすにはこれしかない」

「お客さんたちは全員あやしいと思うけど。スナイダー博士《はかせ》の奥《おく》さんだって、例外《れいがい》じゃないわ」

ジークは目を丸くした。「どうしてあの人が？　一日じゅう居間《いま》にいて、くしゃみをしてばっかりなのに」

「そのとおりよ」とジェンが言った。「それがおかしいと思わない？　しかも写真はあの人のベッドの下で見つかったのよ」

ジークは一瞬《いっしゅん》考えた。「そうかもね」ゆっくりとしゃべった。「でもだからって、トンネルの中でぼくたちをなぎたおしたり、足あとを残《のこ》したりした犯人《はんにん》だとはかぎらないよ」

ジェンはため息をついた。「そうなんだけど、なにか意味があるはずよ」

ジークはペンを手に取った。「さあ、知っていることを書きだしていこう」

容疑者メモ

容疑者《ようぎしゃ》　エスター・バー

動《どう》　機《き》　宝がほしい?

疑問点《ぎもんてん》

1. なぜジャスパーさんをさけるのか?

2. 宝のことを話していた相手はだれ?「なんとしても宝を手に入れるのよ」とか「見つけだすためなら手段を選ばず」とはどういう意味?

3. 宝について根掘り葉掘りきいてきた。さらにその内容を録音している。

4. ホテル内をかぎまわっているのはなぜ? 受付カウンターでなにかをさがしていた。本人はペンをさがしていたと言っていたが、ペンは目のまえにあった。

5. 秘密の扉が開いていて、うなるような音を立てていたとき、エスターさんはスナイダー博士の奥さんと居間にいたから、扉を開けられたはずがない。

6. なぜ洗ってもいないのに髪の毛を洗ったと言ったのか(髪の毛はかわいていた。停電でドライヤーは使えなかったはず)。

容疑者メモ

容疑者《ようぎしゃ》 ジャスパー・ウェストコム

動《どう》　機《き》 プロのレポーターで、宝さがしもよくやっている

疑問点《ぎもんてん》

1. 宝にはくわしいので、ここに来るまえから灯台に眠る宝について知っていたかも。

2. いつも電話で話している相手はだれ？

3. エスターさんに話しかけようとしているのはなぜ？エスターさんはさけているのに。

4. 秘密の通路に残されていた足あとはジャスパーさんの？

5. どうして図書館までわたしたちを尾行したのか？

6. 宝についての本を図書館から借りてきて部屋に置いている。

7. 新しく決まった番組に夢中になっている。灯台に眠る宝についてか？

容疑者メモ

容疑者《ようぎしゃ》 スナイダー博士

動《どう》　**機**《き》 歴史的発見を求めている。宝もほしい

疑問点《ぎもんてん》

1. ミスティックについてよく知っていることを自分でも認めている。ここに来るまえから宝の存在を知っていたかも。秘密の扉についても知っている可能性大。

2. スーツケースが重かった。つるはしなどをかくし持っていた？

3. 秘密の通路に残されていた足あとはスナイダー博士の？

4. クリスマスの写真がスナイダー博士の部屋にあった。

5. ただし、秘密の扉が開いていてヒューヒュー音を立てていたときには、ホテルにいなかった。

容疑者メモ

容疑者《ようぎしゃ》 スナイダー博士の奥さん

動《どう》　機《き》 だんなさんのために宝を手に入れたい？

疑問点《ぎもんてん》

1. だんなさんからミスティックのことをたくさん聞いているかも。

2、もしほんとうに耳が遠いのなら、なぜ補聴器をつけないのか。たまに聞こえるときがあるのはなぜ？もしかして聞こえないふりをしている？

3. 手さげの中に宝さがしの本を持っている。

4. ぼくたちが化粧室にいたとき、どうしてあれほどしつこくきいてきたのか。

5、クリスマスの写真が部屋にあった。

6、秘密の扉が開いたときには居間にいたので、開けたとは考えられない。

容疑者メモ

容疑者《ようぎしゃ》　レノーア・ミルズ

動《どう》　機《き》　宝がほしい？

疑問点《ぎもんてん》

1. 宝なんてくだらない作り話だと言っているけど、それはほかの人の注意をそらすためかも。

2. おそらく、カレンからいつも話を聞かされているので、かなりの情報を持っている。

3. 秘密の通路についても知っているはず。カレン自身が話したらしい。

4. ボタンが秘密の通路に落ちていた。足あとも残されているのかも？

5. 昼寝をすると言っていたのに、どこにも姿が見あたらなかった。

6. 秘密の扉が開けられたときにどこにいたのかときかれ、どぎまぎしていた。

7. くつが汚れていた！

容疑者《ようぎしゃ》メモを書きおえると、ジェンが声に出して読みかえした。うんざりした様子でため息をつくと、メモを机《つくえ》の上に放り投げた。「これじゃなんの役にも立たないわ」

「なにかを見落としてるんだ」じっくり考えながらジークが言った。「なにか書き忘《わす》れたことはある？」

ジェンは首を横にふった。「なにもないと思うけど。あとは明日ね。間に合うといいけど」

読者への挑戦《ちょうせん》

さあ、ほかにだれが宝《たから》をねらっているのか、わかったかな？　ジェンとジークもそれぞれの容疑者《ようぎしゃ》についてなかなかよいメモを残《のこ》しているが、大事な手がかりがいくつか抜《ぬ》けている。それがわからなければ、いったいだれが宝をねらっているのか、まるでわからないはずだ。

結論《けつろん》は出たかな？　時間はたっぷりある。じっくりメモを読みかえしてみよう。そしてジェンとジークが見落としていることをどんどん書きくわえてみるのだ。答えがわかったら、最後《さいご》の章を読んでみてくれたまえ。さて、ジェンとジークはちりばめられた断片《だんぺん》をつなぎあわせて、この波間《なみま》に消えた宝の謎《なぞ》を解《と》き明《あ》かすことができたかな？

幸運を祈《いの》る！

解決篇《かいけつへん》
本件《ほんけん》、ひとまず解決！

ジークはその夜、何度も目がさめた。大きくて派手《はで》な鍵《かぎ》や、昔ながらの帆船《はんせん》が夢《ゆめ》に出てきた。ようやく朝になると、うれしいことに雲はすっかり消えてなくなり、太陽がさんさんとかがやいていた。嵐《あらし》は去ったのだ！

照明《しょうめい》のスイッチを入れてみたが、電気はまだ止まったままだ。でもまもなくもどるはず。洋服に着がえると、一階におりる途中《とちゅう》でジェンの部屋《へや》をドンドンとノックした。ジェンはぼーっとした顔で出てきた。スリンキーがさっと階段《かいだん》をかけおりていった。

「ゆうべの夢、最悪《さいあく》だったわ」ジークに眠《ねむ》そうだねと指摘《してき》され、ジェンはすなおに認《みと》めた。「キャサリンに何度もトンネルに連《つ》れていかれるんだけど、いつもあの暗い中にひとり取り残《のこ》されるの。ほんとうにいやな夢《ゆめ》だった」

「きっとキャサリンの霊《れい》が、急いで宝《たから》を見つけてくれって頼《たの》んでいるんだよ」とジークがからかった。

ジェンが言いかえすまえに二人は食堂《しょくどう》に着いた。カレンがかけよってくる。「ねえ、聞いて」小声でささやく。「鍵《かぎ》がないの！」

「ええっ？」ジェンが声をはりあげた。

「シーッ」

「ゆうべ、部屋《へや》から盗《ぬす》まれたってこと？」ジークがきく。

「ちがうのよ」落ち着かせようとカレンが答えた。「宝の鍵はあるの。そっちじゃなくて、わたしが閉《と》じこめられたふとん部屋の鍵。宝の鍵と似《に》ているって言ってたでしょう」たしかめるようにジェンを見た。

二人はうなずいた。

「でね、今朝《けさ》、ここにおりてくるときにくらべてみようと思ったのよ。でもあの部屋のドアの鍵はなかったの。きっと犯人《はんにん》はその鍵《かぎ》で宝箱《たからばこ》を開ける気よ！」

「こんなことしてられないよ」あわてた口調《くちょう》でジークが言った。「ああいう古い鍵は、ぴったり合うものでなくても開いてしまうときがあるからね。そいつがその鍵を試《ため》すまえに宝を見つけださなきゃ」

「ということは今すぐトンネルに行けってことね」周囲《しゅうい》を見まわし、盗《ぬす》み聞きされていないことを確認《かくにん》しながら、ジェンが言った。

「行こう」とカレン。「おかあさんの懐中電灯《かいちゅうでんとう》を持ってきたし、鍵もあるわ。急がなくちゃ」

静《しず》かに台所にしのびこむ。だれにも気づかれないよう祈《いの》りながら、納戸《なんど》にある秘密《ひみつ》の扉《とびら》へと急ぐ。ジェンは大きく深呼吸《しんこきゅう》をしてから、二人につづいて真っ暗な闇《やみ》の中へと入っていった。懐中電灯があっても、トンネルの中はやっぱり薄気味《うすきみ》悪い。

階段《かいだん》をおりきったところでジークが二人を止めた。「なにか聞こえた気がする」

三人とも動きを止めて耳をすました。

「なにも聞こえないけど」ジェンがようやく口を開いた。

ジークは納得《なっとく》がいかない様子で肩《かた》をすくめた。「そうだね。行こうか。でもできるだけ音は立てないで」

二つめの分岐点《ぶんきてん》に来ると、三人は貯蔵室《ちょぞうしつ》を確認《かくにん》してみることにした。中にはなにもなかった。そこで三人は分岐点までもどった。

「見て！」ジークがしゃがんで地面を調べる。「なにかを引きずったあとがあるだろう？」

ジェンがかがみこんで地面をじっと見つめた。「だれかが重い箱を引きずったのね」

「きのう聞こえたのはこの音ね」とカレン。「あっちにつながってる」と指さした。

しばらくはだれもなにも言わなかった。なにかを引きずったあとはさらに下へと向かう階段《かいだん》のほうにつづいていた。

「この通路はどこにつながってるの？」ジェンが小声できいた。

「わからない」とカレン。「ほら、こわくて確認できなかったって話したでしょ」

ジークが立ちあがった。「今にわかるさ。さ、行こう」

ジェンは一歩、また一歩とおりていくたびに、このまま生き埋《う》めになるのではないかという思いにかられた。はてしなく階段がつづいている。空気は冷《つめ》たくなっていくし、ときおり強い風も吹《ふ》く。海に近づいている気がする。波の砕《くだ》ける音がどんどん大きくなってきている。

一時間近くたっただろうか、ようやく階段《かいだん》をおりきった。

「ここがどこだか、わかる気がする」ジークは波の音にかき消されないよう、大声を出した。「崖下《がけした》の洞穴《ほらあな》だ。今みたいに満潮時《まんちょうじ》には入れなくなるけど、干潮時《かんちょうじ》には浜《はま》からも入ってくることができる」

「キャサリンのおとうさんは、こうやって難破船《なんぱせん》から盗《ぬす》んだ宝《たから》をかくしたのね」とジェン。「海から引きあげてこの洞窟《どうくつ》に入れ、そして秘密《ひみつ》のトンネルを使って運びあげたってわけね」

カレンが懐中電灯《かいちゅうでんとう》であたりを照《て》らした。「ひととおり見てみましょうよ」

ジークが足を止め、首をかしげた。

「どうしたの？」ジェンがきいた。

「ずっとなにかが聞こえているような気がするんだ」

「海の音じゃないの？」とジェン。

ジークは肩《かた》をすくめた。「そうだよね」

洞窟は三つの部分に分かれていた。一つめは、天井《てんじょう》が見えないほど高く、巨大《きょだい》な空洞《くうどう》。この空洞からは、せまいトンネルが小さな洞穴につながっている。ここにはきらきらと光る結晶《けっしょう》がちらばっていた。

「もしかして、ダイヤモンド？」ジェンはおそるおそる小さな声できいた。

「いいや」とジーク。「たんなる塩《しお》の結晶《けっしょう》だろう」

もう一本のせまいトンネルは洞窟《どうくつ》の入り口につながっていた。でも満潮時《まんちょうじ》に近づいていたため、この通路はまもなく水びたしになった。

「こっちには行かないほうがいい」ジークが言った。「潮《しお》がひいて波がおだやかなときにしよう。嵐《あらし》のあとで、まだ荒《あ》れているから」

ジェンはすぐに賛成《さんせい》した。足をぬらしたくなかったのだ。三人はまわれ右をして、洞窟の三つめの区域《くいき》を探索《たんさく》することにした。あの巨大《きょだい》な空洞の奥《おく》の壁《かべ》のところだ。壁にたくさんの小さな穴《あな》があいていて、まるでハチの巣《す》のようだった。穴は二人から三人が入ることのできる大きさ。ジェンが数えたところ、これらの不思議《ふしぎ》な穴は、少なくとも十個《こ》はあった。

「見て！」カレンが叫《さけ》び、いちばん左側《ひだりがわ》の穴を懐中電灯《かいちゅうでんとう》で照《て》らした。

ジェンの心臓《しんぞう》が、波よりも大きな音を立てて打った。宝箱《たからばこ》の一部が穴から見えかくれしている。

三人はそこに走りよった。できるだけ奥まで宝箱を押《お》しこもうとしたものの、あまりにも大きくてかさばるため、完全にかくすことができなかったのだ。

三人はそのまえにしゃがみこんだ。ふるえる指で、カレンがポケットから鍵《かぎ》を取りだした。

「そこまでだ！」うしろでだれかが叫《さけ》んだ。

三人はくるっとふりむいた。

「あなただったんですね！」ジークが声をあげた。

スナイダー博士《はかせ》は肩《かた》をすくめた。「きみたちが宝《たから》を見つけるのは時間の問題だと思っていた。待ってたよ。さあ、鍵をよこしなさい」そう言うと、手をさしだした。

博士のうしろでなにかが光ったのをジェンは見のがさなかった。博士が一歩踏《ふ》みだしてきたとき、ジェンはカレンの手から鍵を奪《うば》いとった。

「だめよ」ジェンが叫んだ。「ぜったいにわたさない」

博士はおどすようにジェンに向かって一歩近づいた。「それをよこしなさい。こんなことをしている時間はないんだ」

とつぜんトンネルからガサガサという音が聞こえてきた。スナイダー博士はいったいなにごとかと、ふりむいた。

ミルズさんが一歩まえに出た。「その鍵《かぎ》はわたしの娘《むすめ》と、娘の友だちのものです」きっぱりと言いきった。「その場から動かないで」博士《はかせ》がとびかかりそうなそぶりを見せたので、ミルズさんは警告《けいこく》した。「警察《けいさつ》がすぐそこまで来ているのよ」そう言うとうしろのポケットからロープを取りだし、ジークに向かってポンと投げた。「博士をしばって」

ジークは思わずほほえんだ。この週末《しゅうまつ》もなかなか悪くないじゃないか！ ロープを手に進みでると、ビーおばさんとウィルソン刑事《けいじ》がこの石の洞窟《どうくつ》にかけこんできた。

「いったいなにごと？」ビーおばさんが叫《さけ》んだ。

ウィルソン刑事はすぐさまジークに走りよって手を貸《か》した。五分もたたないうちに、なにが起こったのかすっかり説明《せつめい》がすんだ。

にこっとしながらジェンがしめくくった。「ホテルにこの宝《たから》を運びましょうよ。早く中身が見たくてたまらないんだから」

あの階段《かいだん》と長いトンネルを通って箱を納戸《なんど》までひっぱりあげるのは、かなりの難作業《なんさぎょう》だった。ようやく食堂《しょくどう》に運びこむと、ほかの宿泊客《しゅくはくきゃく》たちもさわぎを聞きつけ集まってきていた。

「宝《たから》だわ！」エスターが叫《さけ》んだ。「最高《さいこう》ね。なんてすばらしいんでしょう」

「ほんとうにそれがそうなの？」ジャスパーがきく。そしてこの古い箱をもっとよく見ようと身を乗りだした。

「きっとそうだよ」とジーク。

そのとき、スナイダー博士《はかせ》の奥《おく》さんが食堂《しょくどう》に入ってくると、うろたえて叫んだ。「うまくいくわけがないと思っていたのよ。だからこそこそするなって言ったのに」夫《おっと》に向かって文句《もんく》を言った。

スナイダー博士はおどおどと頭をさげた。「研究材料《ざいりょう》としてほしかっただけなんだ。でもさがしているうちに、金銀宝石《ほうせき》が箱の中にあるんじゃないかと思うようになって。ジェイコブ・マーカムが船を難破《なんぱ》させ、宝を奪《うば》っていたことは知っていたんだ。いつのまにかジェイコブのようにいやしいやつになっていた。申《もう》し訳《わけ》ない。こそこそかぎまわったり、写真を盗《ぬす》んだりして悪かった。宝に目がくらんで、おかしくなっていたんだろう。あなたたちの部屋《へや》をひっかきまわしたのもわたしです」そうつけくわえると、カレンとおかあさんのほうを見た。

奥さんも首を横にふった。「わたしも正直《しょうじき》にいいます。実《じっ》はわたし、耳が遠くなんかないんです。うそをついてごめんなさい」

「わかってたよ」とジーク。「博士《はかせ》の見張《みは》り番だったんでしょう」

奥《おく》さんはうなずいた。「そのとおりよ。トンネル内で掘《ほ》る音が大きくなりすぎると、せきやくしゃみをして主人に知らせるの。耳が遠いふりをしていたのは、音が聞こえるたびにわたしがくしゃみを始めていることに気づかれたら、いずればれてしまうと思ったからなんです」

ジェンは思い出した。奥さんのくしゃみが始まったとたん、奇妙《きみょう》な音がぴたりと止まったことがあった。これでつじつまが合う。もう一度博士を見た。「トンネルに洋服と長ぐつを置《お》きっぱなしにしていたでしょう。トンネルの中を掘るときに着ていたんじゃないですか？」

博士がうなずいた。「泥《どろ》だらけの洋服とくつから、足がつくのはごめんだからね」

「でもくつ下がありましたよ」ジークが割《わ》って入った。「そうじ中にあなたの部屋《へや》で見つけたんです。あのときはなんでくつ下があれほど汚《よご》れているのか、理解《りかい》できなかった」残念《ざんねん》そうにジークは言った。

「それでミルズさんは？」ジェンがきいた。「どうしてあの瞬間《しゅんかん》にわたしたちを見つけることができたんですか？」

「そりゃあ、あなたたちがなにかたくらんでいるのは知っていたわ。ビーおばさんはホテル内をとてもきれいにしているのに、あなたたち三人はいつもくつが泥《どろ》だらけだった。どうしてかしらと思っていたけど、それでようやく、このホテル内にはほんとうにトンネルがあるんだってわかったのよ。そこでわたしなりにちょこちょこさぐってみて、トンネルへとつながる秘密《ひみつ》の扉《とびら》を見つけたの。実《じつ》をいうとね、不気味《ぶきみ》な、うなるような音が聞こえたの、おぼえてる？」

三人はそろってうなずいた。

「あれはわたしだったの。帰り道がわからなくならないようにと思って、ドアを少し開けておいたの。まさか風の通り道になって、あんな音が出るとは。そしてあなたたちが来たのが聞こえて、大急ぎで逃《に》げたってわけ。あなたのことを信用《しんよう》していないとか、尾行《びこう》しているとか思われるのが、いやだったの」カレンを見ながら言った。

「それでもわたしたちよりも先にトンネルを見つけたじゃないですか」ジェンが言った。「最初《さいしょ》にジークといっしょにトンネル内に入ったとき、落ちていたボタンを拾いました」

ミルズさんがまゆをひそめた。「あのボタンは、秘密の扉を見つけるはるかまえからなかったのよ。どうしてかしら」

スリンキーがミャーオと大きくひと鳴きすると、ジェンの足に体をこすりつけてきた。ジェンは笑《わら》ってネコを抱《だ》きかかえた。「このちっちゃな泥棒《どろぼう》さん。スリンキーはトンネルに閉《と》じこめられたとき、きっとあのボタンで遊んでいたんでしょうね」

「今朝《けさ》ね」ミルズさんは話をつづけた。「三人がいなくなるのを見たの。しかもうしろから博士《はかせ》がついていくじゃない。なにが起きているのか正確《せいかく》にはわからなかったけど、これは目をはなさないほうがいいだろうと思ったのよ。そこであなたたちを尾行《びこう》する博士を尾行したわけ」

「ロープも持ってたなんて、すごい」ジェンが笑いながら言った。

ミルズさんはにっこりした。「借《か》りている車のルーフラックがゆるんでたので、それをしばるために持っていたのよ。ここに来る道中、ずっとガタガタいってて、頭がおかしくなりそうだった。今日の午後、空港《くうこう》に向かうまえにきちんとしばろうと思っていたの」

ビーおばさんは身をふるわせた。「知らぬが仏《ほとけ》だったわけね。寿命《じゅみょう》がちぢむところだったわ」

ジークはおばさんを抱きしめた。「命の恩人《おんじん》だよ」と言った。「もしおばさんとウィルソン刑《けい》事《じ》が助けにきてくれなかったら、どうなっていたことか」

「どうしてトンネルに気づいたの?」ジェンがきいた。

ビーおばさんはジェンのほうを向いた。「たまたまミルズさんが台所に入っていくところを見たのよ。なにか食べるものでもさがしているのかと思って、ついていったの。ミルズさんが納戸《なんど》に消えたのを見て、あわててウィルソン刑事《けいじ》を呼《よ》びにいった。さいわい、今日は三階の屋根の雨もりを直すために、早めに来てくれていたのよ。秘密《ひみつ》の扉《とびら》があることがわかり、話し声のする方向へと進んでいったところで、あなたたちを見つけたってわけ」おばさんは胸《むね》に手をあてた。「間に合ってほんとうによかったわ」

「わたしもよ」とジェン。そういうと箱へと腕《うで》をのばした。「さあ、早く開けよう！」もう一秒だって待てない。

カレンが鍵《かぎ》を取りだし、鍵穴《かぎあな》にさしこんだ。カレンが鍵をまわすのを、ジェンもジークも固唾《かたず》をのんで見守った。カチャッ。

カレンはゆっくりとふたを開けた。まるで中から幽霊《ゆうれい》が飛《と》びだしてくるのではないかと、こわがっているような感じだ。

全員、息をのんだ。どうりで階段《かいだん》を持ちあげるのがあれほどたいへんだったわけだ。箱いっぱいに入っていたのは黄金のカップや宝石類《ほうせきるい》。ビー玉のような大きさの真珠《しんじゅ》のネックレスや、柄《つか》の部分にダイヤモンドやルビーがはめこまれた短剣《たんけん》などもあった。

カレンは宝石《ほうせき》などには目もくれず、革表紙《かわびょうし》の本の束《たば》に手をのばした。「キャサリンの日記のつづきよ」満足《まんぞく》そうにささやいた。ほかの人たちが信《しん》じられないほどの宝《たから》をより分けているそばで、カレンは日記をぱらぱらとめくりはじめた。

「百万ドル以上《いじょう》の価値《かち》はありそうだね」とジーク。

箱の下のほうには、黄金や宝石はあまりなかった。かわりにあったのは、金の糸が織《お》りこまれた生地《きじ》や、真珠《しんじゅ》のボタンがついている昔ふうのくつ。このくつは新品のように見えた。銀の鏡《かがみ》も三つあった。すっかり黒く変色《へんしょく》しているけれど、複雑《ふくざつ》な装飾《そうしょく》が彫《ほ》りこまれた外わくや持ち手を見て、みがけばさぞかしきれいだろう、とジェンは思った。

「エジプトの墓《はか》を発見したときのような興奮《こうふん》だね」ジャスパーのコメントだ。

ジークがきいた。「今回の宝さがしにはかかわっていませんでしたよね」

ジャスパーはせきばらいをした。「正直《しょうじき》言うと、興味《きょうみ》はあった。きみたちは気づかなかっただろうけど、図書館まで尾行《びこう》したんだ」

ジェンとジークは顔を見あわせ、思わずほほえんだ。話の腰《こし》を折《お》るのはやめよう。

「そしてきみたちが見ていた本を借《か》りてきたんだ」ジャスパーが話をつづける。「でもあまり役に立つことは書かれていなかった。おもしろそうだったので、もう少し宝《たから》さがしをしてみようかと思っていたところに、プロデューサーから次の仕事の話の連絡《れんらく》が来て、いそがしくなってしまったんだ」

「その仕事というのは、宝物《たからもの》とは関係《かんけい》ないんですか？」ジェンがきいた。

「もちろん関係ないさ」ジャスパーはちょっと不服《ふふく》そうだ。「わたしがあつかうのはもっと大きな事件《じけん》さ」

カレンが笑《わら》った。「わたしたちからすれば、これはじゅうぶん大きな事件だわ」

「残念《ざんねん》だけど、視聴率《しちょうりつ》は取れないね」ジャスパーは言った。

「なんでいつもエスターさんに話しかけようとしていたんですか？」ジェンがきいた。メイン州《しゅう》ミスティックは番組にならないと言われて、ちょっぴり気分を害《がい》していた。

ジャスパーはエスターを見て肩《かた》をすくめた。「それはわたしの口からは言えない。約束《やくそく》したんだ」

エスターはあきらめ顔でため息をついた。「わたしから説明《せつめい》します。みなさん今ではまるで家族のようなものですから」優雅《ゆうが》に頭に手を持っていったかと思うと、黒いストレートの髪《かみ》をさっとはずした。かつらの下は短い金髪《きんぱつ》だった。

「エスター・バリモア！」ビーおばさんが叫《さけ》んだ。「あの有名なミステリ作家の。あなたの本、大好《だいす》きなんですよ。どうりで見た顔だと思ったわ」

エスターはほほえんだ。「言いづらいけど、ちょっとうそをついていました。何日か日常《にちじょう》からはなれるために、エスター・バーとしてここに来たんです。ところが来てみると、ここがミステリの次回作の舞台《ぶたい》にぴったりだと気づいて。必死《ひっし》でメモを取りつづけたわ。ジャスパーさんには以前《いぜん》に何度かインタビューを受けているから、すぐ気づかれて正体をばらされるのでは、と不安だったの。わたしがだれかを知ると、みんないろんなことをきいてきて、仕事が手につかなくなるのよ」

「テープレコーダーでメモを残《のこ》したりもしましたか？」ジークがきいた。

「どうしてそれを？　だれにも見られないようにしていたのに」

ジークはにこっとほほえんだ。「部屋《へや》のそうじをしていたときに、テープが動いているのを見たんです。しかも次から次へと質問《しつもん》されたし。きのうの朝食後も宝《たから》のことを話しているのが聞こえたけど、あれも作品のアイデアを録音《ろくおん》していたんだね」

エスターはジークの背中《せなか》をぽんとたたいた。「若《わか》いのに、なかなかの探偵《たんてい》さんね。次の小説《しょうせつ》にはあなたを登場させようかしら」

次はジェンの番だ。気づいたことをつけくわえた。「髪《かみ》の毛を洗《あら》ったと言ったときがありましたよね。でもほんとうは洗っていなかったんでしょう？」

「たしかに」エスターは正直《しょうじき》に認《みと》めた。「ほんとうの髪をかくすために頭にタオルを巻《ま》いていたのよ。かつらはタオルのように簡単《かんたん》につけることができないからね。それにもうひとつ、あやまっておかなければいけないことがあるの」

みんなは期待しながら待った。エスターは大きく深呼吸《しんこきゅう》してカレンのほうを向いた。「あなたをふとん部屋《べや》に閉《と》じこめたのはわたしなの。部屋の外に出ていたら、あなたが来る音が聞こえた。かつらをかぶっていないところを見られるわけにはいかなかったので、ふとん部屋にあなたを押《お》しこんだのよ。痛《いた》くなかった？　だいじょうぶ？」

カレンは首を横にふった。

「かつらをつけたら、あなたを外に出してあげるつもりだったの。でもわたしがもどったときには、あなたはもういなかった。ほんとうにごめんなさい」

カレンはにっこりとほほえんだ。「だいじょうぶです。ほんの数分で出られたから」

エスターはほっとしたようにため息をついた。「わたしのこと、やたらとこそこそかぎまわる、せんさく好《ず》きなおばさんだと思ったでしょう。でもこのホテルがどうなっているのかを知りたかっただけなのよ」

ジェンはニタッと笑《わら》った。「目のまえにペンがあるのに、ペンをさがしていたなんて言うから、あやしいと思ってたんです」

エスターの顔が赤くなった。「せんさく好きは作家の宿命《しゅくめい》ね」

スナイダー博士《はかせ》がせきばらいをした。「それでわたしはどうなるのでしょう？」

ウィルソン刑事《けいじ》がむずかしい表情《ひょうじょう》で答《こた》えた。「あなたはだれを傷《きず》つけたわけでも、凶器《きょうき》を持っていたわけでもない。でも写真と手がかりを盗《ぬす》んだのは事実だ」そこでビーおばさんに向かってきいた。「告発《こくはつ》しますか？」

ビーおばさんはため息をついた。「いいえ。富《とみ》と宝《たから》は、人間のみにくさを浮《う》き彫《ぼ》りにするものよ。その人は釈放《しゃくほう》してあげて」

ウィルソン刑事《けいじ》は博士《はかせ》の縄《なわ》をほどいた。恥《は》ずかしさに頭をうなだれたまま、スナイダー夫妻《ふさい》は荷物をまとめるためにその場をあとにした。

「これを聞いて」カレンが日記の一冊《さつ》から紙切れをひっぱりだした。「キャサリンが七十六歳《さい》のときに書いたもの。『ここにわたしの日記をおさめます。わたしは満足《まんぞく》のいく人生を歩んできました。十三人の子どもたちに二十七人の孫《まご》、そしてひ孫が四人。これまで長いあいだ、父が不適《ふてき》切《せつ》な手段《しゅだん》により手に入れた財宝《ざいほう》を、貧《まず》しく苦しんでいる人たちのために使ってきました。これを手にした人はどうか、これからも必要《ひつよう》としている人のために宝を使ってください。わたしの父、ジェイコブ・マーカムを思い出すときには、どうか悪意に満《み》ちた罪人《ざいにん》としてではなく、自分のおこないを後悔《こうかい》し、その後一度たりとも灯台《とうだい》の光を絶《た》やさなかったということを、心にとめてください』日づけは一九六六年になっているわ」

だれもなにもしゃべらなかった。ジェンはクリスマス・ツリーのまえにいた少女が成長し、おそらくこっそりと、困《こま》っている人にお金をあげている姿《すがた》を想像《そうぞう》してみた。涙《なみだ》がこぼれ落ちそうだ。もちろん無理《むり》だとはわかっているけど、一度でいいからキャサリン・マーカムに会えたら、と願《ねが》わずにはいられなかった。

「宝《たから》はこのままここに置《お》いておくべきだと思うわ」カレンが考えた末《すえ》に言った。そしてビーおばさんのほうを見た。「正しい人の手にわたるよう、協力《きょうりょく》してもらえますか？」

「もちろんよ」ビーおばさんが言った。おばさんが感動しているのがジークにもわかった。「ほんとうにいいのね？」

カレンはうなずいた。「財宝《ざいほう》はミスティックに置いておいて、亡《な》くなった船乗りたちの子孫《しそん》に返されるべきだと思う」

ビーおばさんもうなずいた。「よくわかったわ。この資金《しきん》を公平に分配するやりかたを考えてみましょう。大学の奨学金《しょうがくきん》にしたり、図書館に新しい書籍《しょせき》を購入《こうにゅう》したり……」

ジェンが笑《わら》って、おばさんに向かって親指を突《つ》きだした。「この人なら財宝をきちんと分配できるわよ」

カレンはにっこりと笑って、破《やぶ》れた革表紙《かわびょうし》を大事そうになでた。「わたしはこの日記があればじゅうぶんです」

とつぜん、ホテル内の電気がぱっとつき、みんな歓声《かんせい》をあげた。

「宝と電気がいっぺんに手に入るなんて！」ジークが笑いながら言った。

「豊《ゆた》かになるってこういうことよね！」ジェンもにこっと笑《わら》いながらつけくわえた。

その日の午後、ジェンとジークは宿《しゅく》泊《はく》客《きゃく》たちが帰っていくのを見送った。最後《さいご》の一台が長い私道《しどう》を走り去ったとき、ジェンがため息をついてつぶやいた。「この週末《しゅうまつ》、なんだかんだ言ってもおもしろかったじゃない」

部屋《へや》へ向かう途中《とちゅう》、ジェンは足を止めて、キャサリン・マーカムがクリスマス・ツリーのまえに立っている写真を見た。目をこすってみた。気のせいにきまっている。でもジェンの目には、キャサリンの笑顔《えがお》が以前《いぜん》よりも大きくなったように見えた。

地球の歴史《れきし》を感じて——訳者《やくしゃ》あとがきにかえて

みなさんは波間《なみま》に消えた宝《たから》がどこにかくされていたのか、その宝を追っていたのはだれか、つきとめることができましたか？　家の下に秘密《ひみつ》の通路があり、それが洞窟《どうくつ》につながっていて、金銀財宝《ざいほう》がそのどこかに眠《ねむ》っているなんて知ったら、寝食忘《しんしょくわす》れて探検《たんけん》に出かけてしまいそうですね。

この『波間に消えた宝』をはじめて読んだとき、十九世紀《せいき》のアメリカの作家マーク・トウェインの代表作のひとつ『トム・ソーヤーの冒険《ぼうけん》』を思い出しました。この物語にも洞窟が登場します。主人公のトムが、心を寄《よ》せるベッキーを誘《さそ》って出かけ、迷《まよ》ってしまう洞窟です。実《じつ》はマーク・トウェインの故郷《こきょう》、ミズーリ州《しゅう》ハンニバルには、この洞窟が実在《じつざい》します。現在《げんざい》は通称《つうしょう》マーク・トウェイン洞窟と呼《よ》ばれる観光《かんこう》名所となっていますが、なんとミシシッピー川流域《りゅういき》がまだ広大な内海だった、一億《おく》年前に形成されたものといわれています。通路数二百六十、全長一キロを超《こ》える壮大《そうだい》な地底《ちてい》世界がそこに広がっているのです。鍾乳石《しょうにゅうせき》の柱やこんこんとわきでる泉《いずみ》など、地質的《ちしつてき》にもたいへん貴重《きちょう》な要素《ようそ》をふくむ鍾乳洞《しょうにゅうどう》です。実際《じっさい》、少年時代のマーク・トウェインはこの洞窟《どうくつ》をろうそく一本で探検《たんけん》に出かけていたといいます。

一方、『波間《なみま》に消えた宝《たから》』に登場した洞窟は、波によって岩石が削《けず》り取られる浸食作用《しんしょくさよう》によって形成された海食洞です。舞台《ぶたい》となっているメイン州《しゅう》はアメリカの北東の端《はし》にあり、カナダとの国境《こっきょう》に接《せっ》しています。大西洋に面しており、およそ五十六キロにもおよぶでこぼこした海岸線には、本書のような洞窟がいくつも見られます。あの洞窟が実在《じつざい》するか否《いな》かは別《べつ》として、「天井《てんじょう》が見えないくらい」の空間があることを考えると、これもマーク・トウェイン洞窟と同様、はるか昔にできた洞窟だといえるでしょう。

全長一キロを超《こ》える地底《ちてい》世界とか、数千万年前にできた洞窟——そんなのは遠い外国だけの話だろう、なんて思っていませんか？　実は日本にも大昔の洞窟はたくさんあるのです。全長が一キロを超える洞窟は確認《かくにん》されているだけで七十三もあるといわれています。たとえば山口県の秋芳洞《あきよしどう》は東洋一といわれている鍾乳洞で、国の特別天然記念物《とくべつてんねんきねんぶつ》にも指定されています。総延長《そうえんちょう》は十キロを超え、数億《おく》年の年月をかけて形成された鍾乳石や石筍《せきじゅん》が神秘的《しんぴてき》な地底世界を作りだしています。岩手県の龍泉洞《りゅうせんどう》、高知県の龍河洞《りゅうがどう》とともに日本の三大鍾乳洞として知られています。

また日本は島国であることから、海岸沿《ぞ》いには海食洞も多く見られます。岩手県の陸中《りくちゅう》海岸や静岡県西伊豆堂ケ島《にしいずどうがしま》の洞窟などが比較的《ひかくてき》有名ですが、圧巻《あっかん》なのは、宮崎県日南海岸の鵜戸《うど》神宮ではないでしょうか。安産と夫婦《ふうふ》和合の神様として知られる神社なのですが、最大《さいだい》の特徴《とくちょう》は、黒潮《くろしお》に洗《あら》われる海岸の断崖絶壁《だんがいぜっぺき》を大きくくりぬくように形成された海食洞《かいしょくどう》の中に、本殿《ほんでん》が建立《こんりゅう》されていること。広さ一千平方メートル、高さ八・五メートルの巨大《きょだい》な海食洞。これもまさに数千万年、数億《おく》年の年月をへて形成された自然《しぜん》の造形《ぞうけい》なのです。この中に本殿の建物《たてもの》がきれいにおさまって鎮座《ちんざ》しているのです。

欧米《おうべい》の小説《しょうせつ》の中では、海賊《かいぞく》や悪漢《あっかん》たちの「宝《たから》のかくし場所」として登場することが多い洞窟《どうくつ》ですが、日本ではむしろ「神の宿る神聖《しんせい》な場所」としてまつられることが多いようです。前述《ぜんじゅつ》の鵜戸《うど》神宮もその一例ですが、ほかにも弁天《べんてん》様をまつった海食洞が神奈川県の江《え》ノ島《しま》にもあります。これも文化のちがいなのでしょうか。みなさんも一度、自分の住む都道府県《とどうふけん》にどのような洞窟があるのか、そこにはどんな歴史《れきし》や言い伝《つた》えがあるのか、調べてみてはいかがでしょう。

もしかしたら、今あなたが住んでいる町の下にも壮大《そうだい》な地底《ちてい》世界が広がっているのかもしれません。まさに何億年と時をきざんできた地下の世界を、その歴史を、体感してみてください。


ところで、読者のみなさんは気づきましたか？　今回登場したミステリ作家エスター・バリモアの名前が、第一巻《かん》の『魔《ま》のカーブの謎《なぞ》』でも出ていたことを。そうなのです。『魔のカーブの謎』で、客室のベッドわきのテーブルにおいてあった本が、エスター・バリモア著《ちょ》『図書館殺人事件《さつじんじけん》』だったのです（四十五ページ）。著者のローラ・E・ウィリアムズさんもなかなか粋《いき》な伏線《ふくせん》をはっていますね。本書の中にもなにか今後の展開《てんかい》の伏線となるようなものがあったのでしょうか。この先も注意して読んでいきましょう。

秘密《ひみつ》の宝《たから》を見つけた双子《ふたご》探偵《たんてい》ジークとジェンが第三巻《かん》で遭遇《そうぐう》するのは、課外授業《かがいじゅぎょう》でおとずれた森の中の遺跡《いせき》発掘《はっくつ》現場《げんば》で起こった事件。死者の呪《のろ》いが招《まね》いたものだと主張《しゅちょう》する人たちがいるのですが……。はたしてその真相《しんそう》は？　双子探偵の活躍《かつやく》はまだまだつづきます。次回も、双子といっしょに謎《なぞ》を解《と》くのはあなた自身。ますます推理力《すいりりょく》にみがきをかけておいてくださいね！

二〇〇六年一月

早川書房の児童書〈ハリネズミの本箱〉

〈双子探偵ジーク＆ジェン②〉

波間《なみま》に消《き》えた宝《たから》

二〇〇六年二月 十 日　初版印刷
二〇〇六年二月十五日　初版発行

著　者　ローラ・E・ウィリアムズ
訳　者　石田理恵《いしだりえ》
発行者　早川　浩
発行所　株式会社早川書房
東京都千代田区神田多町二―二
電話　〇三‐三二五二‐三一一一（大代表）
振替　〇〇一六〇‐三‐四七七九九
http://www.hayakawa-online.co.jp
印刷所　株式会社精興社
製本所　大口製本印刷株式会社
乱丁・落丁本は小社制作部宛お送り下さい。
送料小社負担にてお取りかえいたします。

Printed and bound in Japan
ISBN4-15-250039-5　C8097

容疑者メモ

容疑者《ようぎしゃ》

動《どう》　機《き》

疑問点《ぎもんてん》